時光總在不經意間流走

夕陽已晚

皎月方來

# 目錄

# 目錄

## 三、論雅俗共賞

# 四、歐遊雜記

# 目錄

# 一、在這逃去如飛的日子裡

# 匆匆

燕子去了，有再來的時候；楊柳枯了，有再青的時候；桃花謝了，有再開的時候。但是，聰明的，你告訴我，我們的日子為什麼一去不復返呢？ —— 是有人偷了他們罷：那是誰？又藏在何處呢？是他們自己逃走了罷：現在又到了哪裡呢？

我不知道他們給了我多少日子；但我的手確乎是漸漸空虛了。在默默裡算著，八千多日子已經從我手中溜去；像針尖上一滴水滴在大海裡，我的日子滴在時間的流裡，沒有聲音，也沒有影子。我不禁頭涔涔而淚潸潸了。

去的儘管去了，來的儘管來著；去來的中間，又怎樣地匆匆呢？早上我起來的時候，小屋裡射進兩三方斜斜的太陽。太陽他有腳啊，輕輕悄悄地挪移了；我也茫茫然跟著旋轉。於是 —— 洗手的時候，日子從水盆裡過去；吃飯的時候，日子從飯碗裡過去；默默時，便從凝然的雙眼前過去。我覺察他去的匆匆了，伸出手遮挽時，他又從遮挽著的手邊過去；天黑時，我躺在床上，他便伶伶俐俐地從我身上跨過，從我腳邊飛去了。等我睜開眼和太陽再見，這算又溜走了一

日。我掩著面嘆息。但是新來的日子的影兒又開始在嘆息裡閃過了。在逃去如飛的日子裡，在千門萬戶的世界裡的我能做些什麼呢？只有徘徊罷了，只有匆匆罷了；在八千多日的匆匆裡，除徘徊外，又剩些什麼呢？過去的日子如輕煙，被微風吹散了，如薄霧，被初陽蒸融了；我留著些什麼痕跡呢？我何曾留著像游絲樣的痕跡呢？我赤裸裸來到這世界，轉眼間也將赤裸裸的回去罷？但不能平的，為什麼偏要白白走這一遭啊？

你聰明的，告訴我，我們的日子為什麼一去不復返呢？

1922 年 3 月 28 日作

（原載 1922 年 4 月 11 日《時事新報．文學旬刊》第 34 期）

# 背影

　　我與父親不相見已二年餘了，我最不能忘記的是他的背影。那年冬天，祖母死了，父親的差使也交卸了，正是禍不單行的日子，我從北京到徐州，打算跟著父親奔喪回家。到徐州見著父親，看見滿院狼藉的東西，又想起祖母，不禁簌簌地流下眼淚。父親說，事已如此，不必難過，好在天無絕人之路！

　　回家變賣典質，父親還了虧空；又借錢辦了喪事。這些日子，家中光景很是慘淡，一半為了喪事，一半為了父親賦閒。喪事完畢，父親要到南京謀事，我也要回北京唸書，我們便同行。

　　到南京時，有朋友約去遊逛，勾留了一日；第二日上午便須渡江到浦口，下午上車北去。父親因為事忙，本已說定不送我，叫旅館裡一個熟識的茶房陪我同去。他再三囑咐茶房，甚是仔細。但他終於不放心，怕茶房不妥帖，頗躊躇了一會。其實我那年已二十歲，北京已來往過兩三次，是沒有甚麼要緊的了。他躊躇了一會，終於決定還是自己送我去。我兩三回勸他不必去，他只說：「不要緊，他們去不好！」

我們過了江，進了車站。我買票，他忙著照看行李。行
李太多了，得向腳伕行些小費，才可過去。他便又忙著和他
們講價錢。我那時真是聰明過分，總覺他說話不大漂亮，非
自己插嘴不可。但他終於講定了價錢，就送我上車。他給我
揀定了靠車門的一張椅子；我將他給我做的紫毛大衣鋪好坐
位。他囑我路上小心，夜裡警醒些，不要受涼。又囑託茶房
好好照應我。我心裡暗笑他的迂；他們只認得錢，託他們直
是白託！而且我這樣大年紀的人，難道還不能料理自己麼？
唉，我現在想想，那時真是太聰明了！

我說道：「爸爸，你走吧。」他望車外看了看，說：「我
買幾個橘子去，你就在此地，不要走動。」我看那邊月臺的
柵欄外有幾個賣東西的等著顧客。走到那邊月臺，須穿過鐵
道，須跳下去又爬上去。父親是一個胖子，走過去自然要費
事些。我本來要去的，他不肯，只好讓他去。我看見他戴著
黑布小帽，穿著黑布大馬褂，深青布棉袍，蹣跚地走到鐵道
邊，慢慢探身下去，尚不大難。可是他穿過鐵道，要爬上那
邊月臺，就不容易了。他用兩手攀著上面，兩腳再向上縮；
他肥胖的身子向左微傾，顯出努力的樣子。這時我看見他的
背影，我的淚很快地流下來了。我趕緊拭乾了淚，怕他看
見，也怕別人看見。我再向外看時，他已抱了朱紅的橘子望

回走了。過鐵道時，他先將橘子散放在地上，自己慢慢爬下，再抱起橘子走。到這邊時，我趕緊去攙他。他和我走到車上，將橘子一股腦兒放在我的皮大衣上。於是撲撲衣上的泥土，心裡很輕鬆似的，過一會說：「我走了，到那邊來信！」我望著他走出去。他走了幾步，回過頭看見我，說：「進去吧，裡邊沒人。」等他的背影混入來來往往的人裡，再找不著了，我便進來坐下，我的眼淚又來了。

近幾年來，父親和我都是東奔西走，家中光景是一日不如一日。他少年出外謀生，獨力支持，做了許多大事。那知老境卻如此頹唐！他觸目傷懷，自然情不能自已。情鬱於中，自然要發之於外；家庭瑣屑便往往觸他之怒。他待我漸漸不同往日。但最近兩年的不見，他終於忘卻我的不好，只是惦記著我，惦記著我的兒子。我北來後，他寫了一信給我，信中說道：「我身體平安，唯膀子疼痛厲害，舉箸提筆，諸多不便，大約大去之期不遠矣。」我讀到此處，在晶瑩的淚光中，又看見那肥胖的、青布棉袍、黑布馬褂的背影。唉！我不知何時再能與他相見！

1925 年 10 月作於北京

（原載 1925 年 11 月 22 日《文學週報》第 200 期）

# 我是揚州人

　　有些國語教科書裡選得有我的文章，註解裡或說我是浙江紹興人，或說我是江蘇江都人 —— 就是揚州人。有人疑心江蘇江都人是錯了，特地老遠的寫信託人來問我。我說兩個籍貫都不算錯，但是若打官話，我得算浙江紹興人。浙江紹興是我的祖籍或原籍，我從進小學就填的這個籍貫；直到現在，在學校裡服務快三十年了，還是報的這個籍貫。不過紹興我只去過兩回，每回只住了一天；而我家裡除先母外，沒一個人會說紹興話。

　　我家是從先祖才到江蘇東海做小官。東海就是海州，現在是隴海路的終點。我就生在海州。四歲的時候先父又到邵伯鎮做小官，將我們接到那裡。海州的情形我全不記得了，只對海州話還有親熱感，因為父親的揚州話裡夾著不少海州口音。在邵伯住了差不多兩年，是住在萬壽宮裡。萬壽宮的院子很大、很靜，門口就是運河。河坎很高，我常向河裡扔瓦片玩兒。邵伯有個鐵牛灣，那兒有一條鐵牛鎮壓著。父親的當差常抱我去看它、騎它、撫摩它。鎮裡的情形我也差不多忘記了。只記住在鎮裡一家人家的私塾裡讀過書，在那裡

認識了一個好朋友叫江家振。我常到他家玩兒，傍晚和他坐在他家荒園裡一根橫倒的枯樹幹上說著話，依依不捨，不想回家。這是我第一個好朋友，可惜他未成年就死了；記得他瘦得很，也許是肺病罷？

六歲那一年父親將全家搬到揚州。後來又迎養先祖父和先祖母。父親曾到江西做過幾年官，我和二弟也曾去過江西一年；但是老家一直在揚州住著。我在揚州讀初等小學，沒畢業；讀高等小學，畢了業；讀中學，也畢了業。我的英文得力於高等小學裡一位黃先生，他已經過世了。還有陳春臺先生，他現在是北平著名的數學教師。這兩位先生講解英文真清楚，啟發了我學習的興趣；只恨我始終沒有將英文學好，愧對這兩位老師。還有一位戴子秋先生，也早過世了，我的國文是跟他老人家學著做通了的，那是辛亥革命之後在他家夜塾裡的時候。中學畢業，我是十八歲，那年就考進了北京大學預科，從此就不常在揚州了。

就在十八歲那年冬天，父親母親給我在揚州完了婚。內人武鐘謙女士是杭州籍，其實也是在揚州長成的。她從不曾去過杭州；後來跟我去是第一次。她後來因為肺病死在揚州，我曾為她寫過一篇《給亡婦》。我和她結婚的時候，祖父已死了好幾年了。結婚後一年祖母也死了。他們兩老都葬在揚

州，我家於是有祖塋在揚州了。後來亡婦也葬在這祖塋裡。母親在抗戰前兩年過去，父親在勝利前四個月過去，遺憾的是我都不在揚州；他們也葬在那祖塋裡。這中間叫我痛心的是死了二女兒！她性情好，愛讀書，做事負責任，待朋友最好。已經成人了，不知什麼病，一天半就完了！她也葬在祖塋裡。我有九個孩子。除第二個女兒外，還有一個男孩不到一歲就死在揚州；其餘亡妻生的四個孩子都曾在揚州老家住過幾年。這個老家直到今年夏初才解散了，但是還留著一位老年的庶母在那裡。

　　我家跟揚州的關係，大概夠得上古人說的「生於斯，死於斯，歌哭於斯」了。現在亡妻生的四個孩子都已自稱為揚州人了；我比起他們更算是在揚州長成的，天然更該算是揚州人了。但是從前一直馬馬虎虎的騎在牆上，並且自稱浙江人的時候還多些，又為了什麼呢？這一半因為報的是浙江籍，求其一致；一半也還有些別的道理。這些道理第一樁就是籍貫是無所謂的。那時要做一個世界人，連國籍都覺得狹小，不用說省籍和縣籍了。那時在大學裡覺得同鄉會最沒有意思。我同住的和我來往的自然差不多都是揚州人，自己卻因為浙江籍，不去參加江蘇或揚州同鄉會。可是雖然是浙江紹興籍，卻又沒跟一個道地浙江人來往，因此也就沒人拉我

去開浙江同鄉會，更不用說紹興同鄉會了。這也許是兩棲或騎牆的好處罷？然而出了學校以後到底常常會遇到道地紹興人了。我既然不會說紹興話，並且除了花雕和蘭亭外幾乎不知道紹興的別的情形，於是乎往往只好自己承認是假紹興人。那雖然一半是玩笑，可也有點兒窘的。

　　還有一椿道理就是我有些討厭揚州人；我討厭揚州人的小氣和虛氣。小是眼光如豆，虛是虛張聲勢，小氣無須舉例。虛氣例如已故的揚州某中央委員，坐包車在街上走，除拉車的外，又跟上四個人在車子邊推著跑著。我曾經寫過一篇短文，指出揚州人這些毛病。後來要將這篇文收入散文集《你我》裡，商務印書館不肯，怕再鬧出「閒話揚州」的案子。這當然也因為他們總以為我是浙江人，而浙江人罵揚州人是會得罪揚州人的。但是我也並不抹煞揚州的好處，曾經寫過一篇《揚州的夏日》，還有在《看花》裡也提起揚州福緣庵的桃花。再說現在年紀大些了，覺得小氣和虛氣都可以算是地方氣，絕不止是揚州人如此。從前自己常答應人說自己是紹興人，一半又因為紹興人有些蠻氣，而揚州人似乎太聰明。其實揚州人也未嘗沒蠻氣，我的朋友任中敏（二北）先生，辦了這麼多年漢民中學，不管人家理會不理會，難道還不夠「蠻」的！紹興人固然有蠻氣，但是也許還有別的氣我討

厭的，不過我不深知罷了。這也許是阿Q的想法罷？然而我
對於揚州的確漸漸親熱起來了。

揚州真像有些人說的，不折不扣是個有名的地方。不用
遠說，李斗《揚州畫舫錄》裡的揚州就夠羨慕的。可是現在
衰落了，經濟上是一日千丈的衰落了，只看那些沒精打采的
鹽商家就知道。揚州人在上海被稱為江北老，這名字總而言
之表示低等的人。江北老在上海是受欺負的，他們於是學些
不三不四的上海話來冒充上海人。到了這地步他們可竟會忘
其所以的欺負起那些新來的江北老了。這就養成了揚州人的
自卑心理。抗戰以來許多揚州人來到西南，大半都自稱為上
海人，就靠著那一點不三不四的上海話；甚至連這一點都沒
有，也還自稱為上海人。其實揚州人在本地也有他們的驕傲
的。他們稱徐州以北的人為侉子，那些人說的是侉話。他們
笑鎮江人說話土氣，南京人說話大舌頭，儘管這兩個地方都
在江南。英語他們稱為蠻話，說這種話的當然是蠻子了。然
而這些話只好關著門在家裡說，到上海一看，立刻就會矮上
半截，縮起舌頭不敢噴一聲了。揚州真是衰落得可以啊！

我也是一個江北老，一大堆揚州口音就是招牌，但是我
卻不願做上海人；上海人太狡猾了。況且上海對我太生疏，
生疏的程度跟紹興對我也差不多；因為我知道上海雖然也許

比知道紹興多些，但是紹興究竟是我的祖籍，上海是和我水米無干的。然而年紀大起來了，世界人到底做不成，我要一個故鄉。俞平伯先生有一行詩，說「把故鄉掉了」。其實他掉了故鄉又找到了一個故鄉；他詩文裡提到蘇州那一股親熱，是可羨慕的，蘇州就算是他的故鄉了。他在蘇州度過他的童年，所以提起來一點一滴都親親熱熱的，童年的記憶最單純最真切，影響最深最久；種種悲歡離合，回想起來最有意思。「青燈有味是兒時」，其實不止青燈，兒時的一切都是有味的。這樣看，在那兒度過童年，就算那兒是故鄉，大概差不多罷？這樣看，就只有揚州可以算是我的故鄉了。何況我的家又是「生於斯，死於斯，歌哭於斯」呢？所以揚州好也罷，歹也罷，我總該算是揚州人的。

1946 年 9 月 25 日作

（原載 1946 年 10 月 1 日《人物》第 1 卷第 10 期）

# 白采

盛暑中寫《白采的詩》一文，剛滿一頁，便因病擱下。
這時候薰宇來了一封信，說白采死了，死在香港到上海的船
中。他只有一個人；他的遺物暫存在立達學園裡。有文稿、
舊體詩詞稿、筆記稿、有朋友和女人的通信，還有四包女人
的頭髮！我將薰宇的信念了好幾遍，茫然若失了一會；覺得
白采雖於生死無所容心，但這樣的死在將到吳淞口了的船
中，也未免太慘酷了些 —— 這是我們後死者所難堪的。

白采是一個不可捉摸的人。他的歷史、他的性格，現在
雖從遺物中略知梗概，但在他生前，是絕少人知道的；他也
絕口不向人說，你問他他只支吾而已。他賦性既這樣遺世絕
俗，自然是落落寡合了；但我們卻能夠看出他是一個好朋友，
他是一個有真心的人。

「不打不成相識」我是這樣知道了白采的。這是為學生李
芳詩集的事。李芳將他的詩集交我刪改，並囑我作序。那時
我在溫州，他在上海。我因事忙，一擱就是半年；而李芳已
因不知名的急病死在上海。我很懊悔我的徐緩，趕緊抽了空
給他工作。正在這時，平伯轉來白采的信，短短的兩行，催

我設法將李芳的詩出版；又附了登在《覺悟》上的小說《作詩的兒子》，讓我看看 —— 裡面頗有譏諷我的話。我當時覺得不應得這種譏諷，便寫了一封近兩千字的長信，詳述事件首尾，向他辯解。信去了便等回信，但是杳無消息。等到我已不希望了，他才來了一張明信片；在我看來，只是幾句半冷半熱的話而已。我只能以「豈能盡如人意？但求無愧我心！」自解，聽之而已。

　　但平伯因轉信的關係，卻和他常通函札。平伯來信，屢屢說起他，說是一個有趣的人。有一回平伯到白馬湖看我。我和他同往寧波的時候，他在火車中將白采的詩稿《羸疾者的愛》給我看。我在車身不住的動搖中，讀了一遍。覺得大有意思。我於是承認平伯的話，他是一個有趣的人。我又和平伯說，他這篇詩似乎是受了尼采的影響。後來平伯來信，說已將此語函告白采，他頗以為然。我當時還和平伯說，關於這篇詩，我想寫一篇評論；平伯大約也告訴了他。有一回他突然來信說起此事，他盼望早些見著我的文字，讓他知道在我眼中的他的詩究竟是怎樣的。我回信答應他，就要做的。以後我們常常通信，他常常提及此事。但現在是三年以後了，我才算將此文完篇；他卻已經死了，看不見了！他暑假前最後給我的信還說起他的盼望。天啊！我怎樣對得起這

樣一個朋友，我怎樣挽回我的過錯呢？

　　平伯和我都不曾見過白采，大家覺得是一件缺憾。有一回我到上海，和平伯到西門林蔭路新正興里五號去訪他：這是按著他給我們的通信地址去的。但不幸得很，他已經搬到附近什麼地方去了，我們只好嗒然而歸。新正興里五號是朋友延陵君住過的：有一次談起白采，他說他姓童，在美術專門學校唸書；他的夫人和延陵夫人是朋友，延陵夫婦曾借住他們所賃的一間亭子間。那是我看延陵時去過的，床和桌椅都是白漆的；是一間雖小而極潔淨的房子，幾乎使我忘記了是在上海的西門地方。現在他存著的攝影裡，據我看，有好幾張是在那間房裡照的。又從他的遺札裡，推想他那時還未離婚；他離開新正興里五號，或是正為離婚的緣故，也未可知。這卻使我們事後追想，多少感著些悲劇味了。但平伯終於未見著白采，我竟得和他見了一面。那是在立達學園我預備上火車去上海前的五分鐘。這一天，學園的朋友說白采要搬來了；我從早上等了好久，還沒有音信。正預備上車站，白采從門口進來了。他說著江西話，似乎很老成了，是飽經世變的樣子。我因上海還有約會，只匆匆一談，便握手作別。他後來有信給平伯說我「短小精悍」，卻是一句有趣的話。這是我們最初的一面，但誰知也就是最後的一面呢！

去年年底，我在北京時，他要去集美作教；他聽說我有南歸之意，因不能等我一面，便寄了一張小影給我。這是他立在露臺上遠望的背影，他說是聊寄佇盼之意。我得此小影，反覆把玩而不忍釋，覺得他真是一個好朋友。這回來到立達學園，偶然翻閱《白采的小說》，《作詩的兒子》一篇中譏諷我的話，已經刪改；而薰宇告訴我，我最初給他的那封長信，他還留在箱子裡。這使我慚愧從前的猜想，我真是小器的人哪！但是他現在死了，我又能怎樣呢？我只相信，如愛默生的話，他在許多朋友的心裡是不死的！

上海，江灣，立達學園

（原載 1926 年 10 月 5 日《一般》第 10 號第 2 期）

# 一封信

在北京住了兩年多了，一切平平常常地過去。要說福氣，這也是福氣了。因為平平常常，正像「糊塗」一樣「難得」，特別是在「這年頭」。但不知怎的，總不時想著在那兒過了五六年轉徙無常的生活的南方。轉徙無常，誠然算不得好日子；但要說到人生味，怕倒比平平常常時候容易深切地感著。現在終日看見一樣的臉板板的天，灰蓬蓬的地；大柳高槐，只是大柳高槐而已。於是木木然，心上什麼也沒有；有的只是自己，自己的家。我想著我的渺小，有些顫慄起來；清福究竟也不容易享的。

這幾天似乎有些異樣。像一葉扁舟在無邊的大海上，像一個獵人在無盡的森林裡。走路，說話，都要費很大的力氣；還不能如意。心裡是一團亂麻，也可說是一團火。似乎在掙扎著，要明白些什麼，但似乎什麼也沒有明白。「一部《十七史》，從何處說起」正可借來作近日的我的註腳。昨天忽然有人提起《我的南方》的詩。這是兩年前初到北京，在一個村店裡，喝了兩杯「蓮花白」以後，信筆塗出來的。於今想起那情景，似乎有些渺茫；至於詩中所說的，那更是遙遙乎遠哉了，

但是事情是這樣湊巧：今天吃了午飯，偶然抽一本舊雜誌來消遣，卻翻著了三年前給 S 的一封信。信裡說著台州，在上海、杭州、寧波之南的台州。這真是「我的南方」了。我正苦於想不出，這卻指引我一條路，雖然只是「一條」路而已。

我不忘記台州的山水、台州的紫藤花、台州的春日，我也不能忘記 S 他從前歡喜喝酒，歡喜罵人；但他是個有天真的人。他待朋友真不錯。L 從湖南到寧波去找他，不名一文；他陪他喝了半年酒才分手。他去年結了婚。為結婚的事煩惱了幾個整年的他，這算是葉落歸根了；但他也與我一樣，已快上那「中年」的線了吧。結婚後我們見過一次，匆匆的一次。我想，他也和一切人一樣，結了婚終於是結了婚的樣子了吧。但我老只是記著他那喝醉了酒，很嫵媚的罵人的意態；這在他或已懊悔著了。

南方這一年的變動，是人的意想所趕不上的。我起初還知道他的蹤跡；這半年是什麼也不知道了。他到底是怎樣地過著這狂風似的日子呢？我所沉吟的正在此。我說過大海，他正是大海上的一個小浪；我說過森林，他正是森林裡的一隻小鳥。恕我，恕我，我向那裡去找你？

這封信曾印在台州師範學校的《綠絲》上，我現在重印在這裡，這是我眼前一個很好的自慰的法子。

## 9月27日記

S兄：

......

　　我對於台州，永遠不能忘記！我第一日到六師校時，系由埠頭坐了轎子去的。轎子走的都是僻路；使我詫異，為什麼堂堂一個府城，竟會這樣冷靜！那時正是春天，而因天氣的薄陰和道路的幽寂，使我宛然如入了秋之國土。約莫到了賣沖橋邊，我看見那清綠的北固山，下面點綴著幾帶樸實的洋房子，心胸頓然開朗，彷彿微微的風拂過我的面孔似的。到了校裡，登樓一望，見遠山之上，都羃著白雲。四面全無人聲，也無人影；天上的鳥也無一隻。只背後山上謖謖的松風略略可聽而已。那時我真脫卻人間煙火氣而飄飄欲仙了！後來我雖然發見了那座樓實在太壞了：柱子如雞骨，地板如雞皮！但自然的寬大使我忘記了那房屋的狹窄。我於是曾好幾次爬到北固山的頂上，去領略那颼颼的高風，看那低檔的、小小的、綠綠的田畝。這是我最高興的。

　　來信說起紫藤花，我真愛那紫藤花！在那樣樸陋——現在大概不那樣樸陋了吧——的房子裡，庭院中，竟有那樣雄偉、那樣繁華的紫藤花，真令我十二分驚詫！她的

雄偉與繁華遮住了那樸陋，使人一對照，反覺樸陋倒是不可少似的，使人幻想「美好的昔日」！我也曾幾度在花下徘徊：那時學生都上課去了，只剩我一人。暖和的晴日，鮮豔的花色，嗡嗡的蜜蜂，醞釀著一庭的春意。我自己如浮在茫茫的春之海裡，不知怎麼是好！那花真好看：蒼老虬勁的枝幹，這麼粗這麼粗的枝幹，宛轉騰挪而上；誰知她的纖指會那樣嫩，那樣豔麗呢？那花真好看：一縷縷垂垂的細絲，將她們懸在那皺裂的臂上，臨風婀娜，真像嘻嘻哈哈的小姑娘，真像凝妝的少婦，像兩頰又像雙臂，像胭脂又像粉……我在他們下課的時候，又曾幾度在樓頭眺望，那丰姿更是撩人：雲喲，霞喲，仙女喲！我離開台州以後，永遠沒見過那樣好的紫藤花，我真惦記她，我真妒羨你們！

此外，南山殿望江樓上看浮橋（現在早已沒有了），看憧憧的人在長長的橋上往來著；東湖水閣上，九折橋上看柳色和水光，看釣魚的人；府後山沿路看田野，看天；南門外看梨花 —— 再回到北固山，冬天在醫院前看山上的雪；都是我喜歡的。說來可笑，我還記得我從前住過的舊倉頭楊姓的房子裡的一張畫桌；那是一張紅漆的，一丈光景長而狹的畫桌，我放它在我樓上的窗前，在上面讀書，

和人談話，過了我半年的生活。現在想已擱起來無人用了吧？唉！

台州一般的人真是和自然一樣樸實；我一年裡只見過三個上海裝束的流氓！學生中我頗有記得的。前些時有位P君寫信給我，我雖未有工夫作覆，但心中很感謝！乘此機會請你為我轉告一句。

我寫的已多了；這些胡亂的話，不知可附載在《綠絲》的末尾，使它和我的舊友見見面麼？

弟　自清

1927 年 9 月 27 日作

（原載 1927 年 10 月 14 日《清華週刊・清華文藝副刊》第 2 期）

# 懷魏握青君

　　兩年前差不多也是這些日子吧,我邀了幾個熟朋友,在雪香齋給握青送行。雪香齋以紹酒著名。這幾個人多半是浙江人,握青也是的,而又有一兩個是酒徒,所以便揀了這地方。說到酒,蓮花白太膩,白幹太烈;一是北方的佳人,一是關西的大漢,都不宜於淺斟低酌。只有黃酒,如溫舊書,如對故友,真是醰醰有味。只可惜雪香齋的酒還上了色;若是「竹葉青」,那就更妙了。握青是到美國留學去,要住上三年;這麼遠的路,這麼多的日子,大家確有些惜別,所以那晚酒都喝得不少。出門分手,握青又要我去中天看電影。我坐下直覺頭暈。握青說電影如何如何,我只糊糊塗塗聽著;幾回想張眼看,卻什麼也看不出。終於支持不住,出其不意,哇地吐出來了。觀眾都吃一驚,附近的人全堵上了鼻子;這真有些惶恐。握青扶我回到旅館,他也吐了。但我們心裡都覺得這一晚很痛快。我想握青該還記得那種狼狽的光景吧?

　　我與握青相識,是在東南大學。那時正是暑假,中華教育改進社借那兒開會。我與方光燾君去旁聽,偶然遇著握青;

方君是他的同鄉，一向認識，便給我們介紹了。那時我只知道他很活動，會交際而已。匆匆一面，便未再見。三年前，我北來作教，恰好與他同事。我初到，許多事都不知怎樣做好；他給了我許多幫助。我們同住在一個院子裡，吃飯也在一處，因此常和他談論。我漸漸知道他不只是很活動，會交際；他有他的真心，他有他的銳眼，他也有他的傻樣子。許多朋友都以為他是個傻小子，大家都叫他老魏，連聽差背地裡也是這樣叫他；這個太親暱的稱呼，只有他有。但他絕不如我們所想的那麼「傻」，他是個玩世不恭的人 —— 至少我在北京見著他是如此。那時他已一度受過人生的戒，從前所有多或少的嚴肅氣氛，暫時都隱藏起來了；剩下的只是那冷然的玩弄一切的態度。我們知道這種劍鋒般的態度，若赤裸裸地露出，便是自己矛盾，所以總得用了什麼法子蓋藏著。他用的是一副傻子的面具。我有時要揭開他這副面具，他便說我是《語絲》派。但他知道我，並不比我知道他少。他能由我一個短語，知道全篇的故事。他對於別人，也能知道；但只默喻著，不大肯說出。他的玩世，在有些事情上，也許太隨便些。但以或種意義說，他要復仇；人總是人，又有什麼辦法呢？至少我是原諒他的。

　　以上其實也只說得他的一面；他有時也能為人盡心竭力。

他曾為我決定一件極為難的事。我們沿著牆根，走了不知多少趟；他源源本本、條分縷析地將形勢剖解給我聽。你想，這豈是傻子所能做的？幸虧有這一面，他還能高高興興過日子；不然，沒有笑，沒有淚，只有冷臉，只有「鬼臉」，豈不鬱鬱地悶煞人！

我最不能忘的，是他動身前不多時的一個月夜。電燈滅後，月光照了滿院，柏樹森森地竦立著。屋內人都睡了；我們站在月光裡，柏樹旁，看著自己的影子。他輕輕地訴說他生平冒險的故事。說一會，靜默一會。這是一個幽奇的境界。他敘述時，臉上隱約浮著微笑，就是他心地平靜時常浮在他臉上的微笑；一面偏著頭，老像發問似的。這種月光，這種院子，這種柏樹，這種談話，都很可珍貴；就由握青自己再來一次，怕也不一樣的。

他走之前，很願我做些文字送他；但又用玩世的態度說：「怕不肯吧？我曉得，你不肯的。」我說：「一定做，而且一定寫成一幅橫披 —— 只是字不行些。」但是我慚愧我的懶，那「一定」早已幾乎變成「不肯」了！而且他來了兩封信，我竟未覆隻字。這叫我怎樣說好呢？我實在有種壞脾氣，覺得路太遙遠，竟有些渺茫一般，什麼便都因循下來了。好在他的成績很好，我是知道的；只此就很夠了。別的，反正他明

年就回來，我們再好好地談幾次，這是要緊的。 —— 我想，
握青也許不那麼玩世了吧。

1928 年 5 月 25 日夜

# 兒女

............................................................

　　我現在已是五個兒女的父親了。想起聖陶喜歡用的「蝸牛背了殼」的比喻，便覺得不自在。最近一位親戚嘲笑我說：「要剝層皮呢！」更有些悚然了。十年前剛結婚的時候，在胡適之先生的《藏暉室札記》裡，見過一條，說世界上有許多偉大的人物是不結婚的；文中並引培根的話，「有妻子者，其命定矣。」當時確吃了一驚，彷彿夢醒一般；但是家裡已是不由分說給娶了媳婦，又有甚麼可說？現在是一個媳婦，跟著來了五個孩子；兩個肩頭上，加上這麼重一副擔子，真不知怎樣走才好。「命定」是不用說了；從孩子們那一面說，他們該怎樣長大，也正是可以憂慮的事。我是個徹頭徹尾自私的人，做丈夫已是勉強，做父親更是不成。自然，「子孫崇拜」、「兒童本位」的哲理或倫理，我也有些知道；既做著父親，閉了眼抹殺孩子們的權利，知道是不行的。可惜這只是理論，實際上我是仍舊按照古老的傳統，在野蠻地對付著，和普通的父親一樣。近來差不多是中年的人了，才漸漸覺得自己的殘酷；想著孩子們受過的體罰和叱責，始終不能辯解——像撫摩著舊創痕那樣，我的心酸溜溜的。有一回，讀

了有島武郎《與幼小者》的譯文，對了那種偉大的、沉摯的態度，我竟流下淚來了。去年父親來信，問起阿九，那時阿九還在白馬湖呢；信上說：「我沒有耽誤你，你也不要耽誤他才好。」我為這句話哭了一場；我為什麼不像父親的仁慈？我不該忘記，父親怎樣待我們來著！人性許真是二元的，我是這樣地矛盾；我的心像鐘擺似的來去。

你讀過魯迅先生的《幸福的家庭》麼？我的便是那一類的「幸福的家庭」！每天午飯和晚飯，就如兩次潮水一般。先是孩子們你來他去地在廚房與飯間裡查看，一面催我或妻發「開飯」的命令。急促繁碎的腳步，夾著笑和嚷，一陣陣襲來，直到命令發出為止。他們一遞一個地跑著喊著，將命令傳給廚房裡傭人，便立刻搶著回來搬凳子。於是這個說：「我坐這兒！」那個說：「大哥不讓我！」大哥卻說：「小妹打我！」我給他們調解，說好話。但是他們有時候很固執，我有時候也不耐煩，這便用著叱責了；叱責還不行，不由自主地，我的沉重的手掌便到他們身上了。於是哭的哭，坐的坐，局面才算定了。接著可又你要大碗，他要小碗，你說紅筷子好，他說黑筷子好；這個要乾飯，那個要稀飯，要茶要湯，要魚要肉，要豆腐，要蘿蔔；你說他菜多，他說你菜好。妻是照例安慰著他們，但這顯然是太迂緩了。我是個暴躁的人，怎

麼等得及？不用說，用老法子將他們立刻征服了；雖然有哭的，不久也就抹著淚捧起碗了。吃完了，紛紛爬下凳子，桌上是飯粒呀，湯汁呀，骨頭呀，渣滓呀，加上縱橫的筷子，欹斜的匙子，就如一塊花花綠綠的地圖模型。吃飯而外，他們的大事便是遊戲。遊戲時，大的有大主意，小的有小主意，各自堅持不下，於是爭執起來；或者大的欺負了小的，或者小的竟欺負了大的，被欺負的哭著嚷著，到我或妻的面前訴苦；我大抵仍舊要用老法子來判斷的，但不理的時候也有。最為難的，是爭奪玩具的時候：這一個的與那一個的是同樣的東西，卻偏要那一個的；而那一個便偏不答應。在這種情形之下，不論如何，終於是非哭了不可的。這些事件自然不至於天天全有，但大致總有好些起。我若坐在家裡看書或寫什麼東西，管保一點鐘裡要分幾回心，或站起來一兩次的。若是雨天或禮拜日，孩子們在家的多，那麼，攤開書竟看不下一行，提起筆也寫不出一個字的事，也有過的。我常和妻說：「我們家真是成日的千軍萬馬呀！」有時是不但「成日」，連夜裡也有兵馬在進行著，在有吃乳或生病的孩子的時候！

　　我結婚那一年，才十九歲。二十一歲，有了阿九；二十三歲，又有了阿菜。那時我正像一匹野馬，那能容忍這

些累贅的鞍韉、彎頭和韁繩？擺脫也知是不行的，但不自覺地時時在擺脫著。現在回想起來，那些日子，真苦了這兩個孩子；真是難以寬宥的種種暴行呢！阿九才兩歲半的樣子，我們住在杭州的學校裡。不知怎地，這孩子特別愛哭，又特別怕生人。一不見了母親，或來了客，就哇哇地哭起來了。學校裡住著許多人，我不能讓他擾著他們，而客人也總是常有的；我懊惱極了，有一回，特地騙出了妻，關了門，將他按在地下打了一頓。這件事，妻到現在說起來，還覺得有些不忍；她說我的手太辣了，到底還是兩歲半的孩子！我近年常想著那時的光景，也覺黯然。阿菜在台州，那是更小了；才過了週歲，還不大會走路。也是為了纏著母親的緣故吧，我將她緊緊地按在牆角裡，直哭喊了三四分鐘，因此生了好幾天病。妻說，那時真寒心呢！但我的苦痛也是真的。我曾給聖陶寫信，說孩子們的折磨，實在無法奈何；有時竟覺著還是自殺的好。這雖是氣憤的話，但這樣的心情，確也有過的。後來孩子是多起來了，磨折也磨折得久了，少年的鋒稜漸漸地鈍起來了；加以增長的年歲增長了理性的裁制力，我能夠忍耐了 —— 覺得從前真是一個「不成材的父親」，如我給另一個朋友信裡所說。但我的孩子們在幼小時，確比別人的特別不安靜，我至今還覺如此。我想這大約還是由於我們

撫育不得法；從前只一味地責備孩子，讓他們代我們負起責任，卻未免是可恥的殘酷了！

正面意義的「幸福」，其實也未嘗沒有。正如誰所說，小的總是可愛，孩子們的小模樣，小心眼兒，確有些教人捨不得的。阿毛現在五個月了，你用手指去撥弄她的下巴，或向她做趣臉，她便會張開沒牙的嘴格格地笑，笑得像一朵正開的花。她不願在屋裡待著；待久了，便大聲兒嚷。妻常說：「姑娘又要出去蹓躂了。」她說她像鳥兒般，每天總得到外面溜一些時候。閏兒上個月剛過了三歲，笨得很，話還沒有學好呢。他只能說三四個字的短語或句子，文法錯誤，發音模糊，又得費氣力說出；我們老是要笑他的。他說「好」字，總變成「小」字；問他「好不好？」，他便說「小」或「不小」。我們常常逗著他說這個字玩兒；他似乎有些覺得，近來偶然也能說出正確的「好」字了 —— 特別在我們故意說成「小」字的時候。他有一隻搪瓷碗，是一毛來錢買的；買來時，老媽子教給他，「這是一毛錢。」他便記住「一毛」兩個字，管那只碗叫「一毛」，有時竟省稱為「毛」。這在新來的老媽子，是必需翻譯了才懂的。他不好意思，或見著生客時，便呀著嘴痴笑；我們常用了土話，叫他做「呆瓜」。他是個小胖子，短短的腿，走起路來，蹣跚可笑；若快走或跑，便更「好看」了。

他有時學我，將兩手疊在背後，一搖一擺的；那是他自己和我們都要樂的。他的大姊便是阿菜，已是七歲多了，在小學校裡唸著書。在飯桌上，一定得囉囉唆唆地報告些同學或他們父母的事情；氣喘喘地說著，不管你愛聽不愛聽。說完了總問我：「爸爸認識麼？」、「爸爸知道麼？」妻常禁止她吃飯時說話，所以她總是問我。她的問題真多：「看電影便問電影裡的是不是人？是不是真人？怎麼不說話？」看照相也是一樣。不知誰告訴她，兵是要打人的。她回來便問：「兵是人麼？為什麼打人？」近來大約聽了先生的話，回來又問：「張作霖的兵是幫誰的？蔣介石的兵是不是幫我們的？」諸如此類的問題，每天短不了，常常鬧得我不知怎樣答才行。她和閏兒在一處玩兒，一大一小，不很合式，老是吵著哭著。但合式的時候也有：譬如這個往床底下躲，那個便鑽進去追著；這個鑽出來，那個也跟著 —— 從這個床到那個床，只聽見笑著、嚷著、喘著，真如妻所說，像小狗似的。現在在京的，便只有這三個孩子；阿九和轉兒是去年北來時，讓母親暫時帶回揚州去了。

　　阿九是歡喜書的孩子。他愛看《水滸》、《西遊記》、《三俠五義》、《小朋友》等；沒有事便捧著書坐著或躺著看。只不歡喜《紅樓夢》，說是沒有味兒。是的，《紅樓夢》的味兒，

一個十歲的孩子，哪裡能領略呢？去年我們事實上只能帶兩個孩子來；因為他大些，而轉兒是一直跟著祖母的，便在上海將他倆丟下。我清清楚楚記得那分別的一個早上。我領著阿九從二洋涇橋的旅館出來，送他到母親和轉兒住著的親戚家去。妻囑咐說：「買點吃的給他們吧。」我們走過四馬路，到一家茶食鋪裡。阿九說要燻魚，我給買了；又買了餅乾，是給轉兒的。便乘電車到海寧路。下車時，看著他的害怕與累贅，很覺惻然。到親戚家，因為就要回旅館收拾上船，只說了一兩句話便出來；轉兒望望我，沒說什麼，阿九是和祖母說什麼去了。我回頭看了他們一眼，硬著頭皮走了。後來妻告訴我，阿九背地裡向她說：「我知道爸爸歡喜小妹，不帶我上北京去。」其實這是冤枉的。他又曾和我們說：「暑假時一定來接我啊！」我們當時答應著；但現在已是第二個暑假了，他們還在迢迢的揚州待著。他們是恨著我們呢？還是惦著我們呢？妻是一年來老放不下這兩個，常常獨自暗中流淚；但我有什麼法子呢！想到「只為家貧成聚散」一句無名的詩，不禁有些淒然。轉兒與我較生疏些。但去年離開白馬湖時，她也曾用了生硬的揚州話（那時她還沒有到過揚州呢），和那特別尖的小嗓子向著我：「我要到北京去。」她曉得什麼北京，只跟著大孩子們說罷了；但當時聽著，現在想著的我，

卻真是抱歉呢。這兄妹倆離開我，原是常事，離開母親，雖也有過一回，這回可是太長了；小小的心兒，知道是怎樣忍耐那寂寞來著！

我的朋友大概都是愛孩子的。少谷有一回寫信責備我，說兒女的吵鬧，也是很有趣的，何至可厭到如我所說；他說他真不解。子愷為他家華瞻寫的文章，真是「藹然仁者之言」。聖陶也常常為孩子操心：「小學畢業了，到什麼中學好呢？」── 這樣的話，他和我說過兩三回了。我對他們只有慚愧！可是近來我也漸漸覺著自己的責任。我想，第一該將孩子們團聚起來，其次便該給他們些力量。我親眼見過一個愛兒女的人，因為不曾好好地教育他們，便將他們荒廢了。他並不是溺愛，只是沒有耐心去料理他們，他們便不能成材了。我想我若照現在這樣下去，孩子們也便危險了。我得計劃著，讓他們漸漸知道怎樣去做人才行。但是要不要他們像我自己呢？這一層，我在白馬湖教初中學生時，也曾從師生的立場上問過丐尊，他毫不躊躇地說：「自然囉。」近來與平伯談起教子，他卻答得妙：「總不希望比自己壞囉。」是的，只要不「比自己壞」就行，「像」不「像」倒是不在乎的。職業、人生觀等，還是由他們自己去定的好；自己頂可貴，只要指導，幫助他們去發展自己，便是極賢明的辦法。

予同說：「我們得讓子女在大學畢了業，才算盡了責任。」SK 說：「不然，要看我們的經濟，他們的材質與志願；若是中學畢了業，不能或不願升學，便去做別的事，譬如做工人吧，那也並非不行的。」自然，人的好壞與成敗，也不盡靠學校教育；說是非大學畢業不可，也許只是我們的偏見。在這件事上，我現在毫不能有一定的主意，特別是這個變動不居的時代，知道將來怎樣？好在孩子們還小，將來的事且等將來吧。目前所能做的，只是培養他們基本的力量 —— 胸襟與眼光；孩子們還是孩子們，自然說不上高的遠的，慢慢從近處小處下手便了。這自然也只能先按照我自己的樣子：「神而明之，存乎其人」，光輝也罷，倒楣也罷，平凡也罷，讓他們各盡各的力去。我只希望如我所想的，從此好好地做一回父親，便自稱心滿意。 —— 想到那「狂人」「救救孩子」的呼聲，我怎敢不悚然自勉呢？

1928 年 6 月 24 日晚寫畢，北京清華園

（原載 1928 年 10 月 10 日《小說月報》第 19 卷第 10 號）

# 擇偶記

　　自己是長子長孫，所以不到十一歲就說起媳婦來了。那時對於媳婦這件事簡直茫然，不知怎麼一來，就已經說上了。是曾祖母娘家人，在江蘇北部一個小縣份的鄉下住著。家裡人都在那裡住過很久，大概也帶著我；只是太笨了，記憶裡沒有留下一點影子。祖母常常躺在菸榻上講那邊的事，提著這個那個鄉下人的名字。起初一切都像只在那白騰騰的煙氣裡。日子久了，不知不覺熟悉起來了，親暱起來了。除了住的地方，當時覺得那叫做「花園莊」的鄉下實在是最有趣的地方了。因此聽說媳婦就定在那裡，倒也彷彿理所當然，毫無意見。每年那邊田上有人來，藍布短打扮，銜著旱菸管，帶好些大麥粉，白薯乾兒之類。他們偶然也和家裡人提到那位小姐，大概比我大四歲，個兒高，小腳；但是那時我熱心的其實還是那些大麥粉和白薯乾兒。

　　記得是十二歲上，那邊捎信來，說小姐癆病死了。家裡並沒有人嘆惜；大約他們看見她時她還小，年代一多，也就想不清是怎樣一個人了。父親其時在外省做官，母親頗為我親事著急，便託了常來做衣服的裁縫做媒。為的是裁縫走的

人家多，而且可以看見太太小姐。主意並沒有錯，裁縫來說一家人家，有錢，兩位小姐，一位是姨太太生的；他給說的是正太太生的大小姐。他說那邊要相親，母親答應了，定下日子，由裁縫帶我上茶館。記得那是冬天，到日子母親讓我穿上棗紅寧綢袍子，黑寧綢馬褂，戴上紅帽結兒的黑緞瓜皮小帽，又叮囑自己留心些。茶館裡遇見那位相親的先生，方面大耳，跟我現在年紀差不多，布袍布馬褂，像是給誰穿著孝。這個人倒是慈祥的樣子，不住地打量我，也問了些念什麼書一類的話。回來裁縫說人家看得很細：說我的「人中」長，不是短壽的樣子，又看我走路，怕腳上有毛病。總算讓人家看中了，該我們看人家了。母親派親信的老媽子去。老媽子的報告是，大小姐個兒比我大得多，坐下去滿滿一圈椅；二小姐倒苗苗條條的，母親說胖了不能生育，像親戚裡誰誰誰；教裁縫說二小姐。那邊似乎生了氣，不答應，事情就摧了。

母親在牌桌上遇見一位太太，她有個女兒，透著聰明伶俐。母親有了心，回家說那姑娘和我同年，跳來跳去的，還是個孩子。隔了些日子，便託人探探那邊口氣。那邊做的官似乎比父親的更小，那時正是光復的前年，還講究這些，所以他們樂意做這門親。事情已到九成九，忽然出了岔子。

本家叔祖母用的一個寡婦老媽子熟悉這家子的事，不知怎麼教母親打聽著了。叫她來問，她的話遮遮掩掩的。到底問出來了，原來那小姑娘是抱來的，可是她一家很寵她，和親生的一樣。母親心冷了。過了兩年，聽說她已生了癆病，吸上鴉片菸了。母親說，幸虧當時沒有定下來。我已懂得一些事了，也這麼想著。

　　光復那年，父親生傷寒病，請了許多醫生看。最後請著一位武先生，那便是我後來的岳父。有一天，常去請醫生的聽差回來說，醫生家有位小姐。父親既然病著，母親自然更該擔心我的事。一聽這話，便追問下去。聽差原只順口談天，也說不出個所以然。母親便在醫生來時，教人問他轎伕，那位小姐是不是他家的。轎伕說是的。母親便和父親商量，托舅舅問醫生的意思。那天我正在父親病榻旁，聽見他們的對話。舅舅問明了小姐還沒有人家，便說：「像 × 翁這樣人家怎麼樣？」醫生說：「很好呀。」話到此為止，接著便是相親；還是母親那個親信的老媽子去。這回報告不壞，說就是腳大些。事情這樣定局，母親教轎伕回去說，讓小姐裹上點兒腳。妻嫁過來後，說相親的時候早躲開了，看見的是另一個人。至於轎伕捎的信兒，卻引起了一段小小風波。岳父對岳母說：「早教妳給她裹腳，妳不信；瞧，人家怎麼說來

著!」岳母說:「偏偏不裏,看他家怎麼樣!」可是到底採取了折衷的辦法,直到妻嫁過來的時候。

1934 年 3 月作

(原載 1934 年《女青年》第 13 卷第 3 期)

# 給亡婦

謙，日子真快，一眨眼妳已經死了三個年頭了。這三年裡世事不知變化了多少回，但妳未必注意這些個，我知道。妳第一惦記的是妳幾個孩子，第二便輪著我。孩子和我平分妳的世界，妳在日如此；妳死後若還有知，想來還如此的。告訴妳，我夏天回家來著：邁兒長得結實極了，比我高一個頭。閏兒父親說是最乖，可是沒有先前胖了。采芷和轉子都好。五兒全家誇她長得好看，卻在腿上生了溼瘡，整天坐在竹床上不能下來，看了怪可憐的。六兒，我怎麼說好，妳明白，妳臨終時也和母親談過，這孩子是只可以養著玩兒的，他左挨右挨去年春天，到底沒有挨過去。這孩子生了幾個月，妳的肺病就重起來了。我勸妳少親近他，只監督著老媽子照管就行。妳總是忍不住，一會兒提，一會兒抱的。可是妳病中為他操的那一份兒心也夠瞧的。那一個夏天他病的時候多，妳成天兒忙著，湯呀、藥呀、冷呀、暖呀，連覺也沒有好好兒睡過。那裡有一分一毫想著妳自己。瞧著他硬朗點兒妳就樂，乾枯的笑容在黃蠟般的臉上，我只有暗中嘆氣而已。

　　從來想不到做母親的要像妳這樣。從邁兒起，妳總是自己餵乳，一連四個都這樣。妳起初不知道按鐘點兒餵，後來知道了，卻又弄不慣；孩子們每夜裡幾次將妳哭醒了，特別是悶熱的夏季。我瞧妳的覺老沒睡足。白天裡還得做菜、照料孩子，很少得空兒。妳的身子本來壞，四個孩子就累妳七八年。到了第五個，妳自己實在不成了，又沒乳，只好自己餵奶粉，另雇老媽子專管她。但孩子跟老媽子睡，妳就沒有放過心；夜裡一聽見哭，就豎起耳朵聽，工夫一大就得過去看。十六年初，和妳到北京來，將邁兒、轉子留在家裡；三年多還不能去接他們，可真把妳惦記苦了。妳並不常提，我卻明白。妳後來說妳的病就是惦記出來的；那個自然也有份兒，不過大半還是養育孩子累的。妳的短短的十二年結婚生活，有十一年耗費在孩子們身上；而妳一點不厭倦，有多少力量用多少，一直到自己毀滅為止。妳對孩子一般兒愛，不問男的女的，大的小的。也不想到什麼「養兒防老，積穀防饑」，只拚命的愛去。妳對於教育老實說有些外行，孩子們只要吃得好玩得好就成了。這也難怪妳，妳自己便是這樣長大的。況且孩子們原都還小，吃和玩本來也要緊的。妳病重的時候最放不下的還是孩子。病的只剩皮包著骨頭了，總不信自己不會好，老說：「我死了，這一大群孩子可苦了。」後

來說送妳回家，妳想著可以看見邁兒和轉子，也願意；妳萬不想到會一走不返的。我送車的時候，妳忍不住哭了，說：「還不知能不能再見？」可憐，妳的心我知道，妳滿想著好好兒帶著六個孩子回來見我的。謙，你那時一定這樣想，一定的。

除了孩子，妳心裡只有我。不錯，那時妳父親還在；可是妳母親死了，他另有個女人，妳老早就覺得隔了一層似的。出嫁後第一年妳雖還一心一意依戀著他老人家，到第二年上我和孩子可就將妳的心占住，妳再沒有多少工夫惦記他了。妳還記得第一年我在北京，妳在家裡。家裡來信說妳待不住，常回娘家去。我動氣了，馬上寫信責備妳。妳教人寫了一封覆信，說家裡有事，不能不回去。這是妳第一次也可以說第末次的抗議，我從此就沒給妳寫信。暑假時帶了一肚子主意回去，但見了面，看妳一臉笑，也就拉倒了。打這時候起，妳漸漸從妳父親的懷裡跑到我這兒。妳換了金鐲子幫助我的學費，叫我以後還妳；但直到妳死，我沒有還妳。妳在我家受了許多氣，又因為我家的緣故受妳家裡的氣，妳都忍著。這全為的是我，我知道。那回我從家鄉一個中學半途辭職出走，家裡人諷妳也走。哪裡走！只得硬著頭皮往妳家去。那時妳家像個冰窖子，你們在窖裡足足住了三個月。好

容易我才將你們領出來了，一同上外省去。小家庭這樣組織起來了。

　　妳雖不是什麼闊小姐，可也是自小嬌生慣養的，做起主婦來，什麼都得幹一兩手；妳居然做下去了，而且高高興興地做下去了。菜照例滿是妳做，可是吃的都是我們；妳至多夾上兩三筷子就算了。妳的菜做得不壞，有一位老在行大大地誇獎過妳。妳洗衣服也不錯，夏天我的綢大褂大概總是妳親自動手。妳在家老不樂意閒著；坐前幾個「月子」，老是四五天就起床，說是躺著家裡事沒條沒理的。其實妳起來也還不是沒條理；咱們家那麼多孩子，哪兒來條理？在浙江住的時候，逃過兩回兵難，我都在北平。真虧妳領著母親和一群孩子東藏西躲的；末一回還要走多少里路，翻一道大嶺。這兩回差不多只靠妳一個人。妳不但帶了母親和孩子們，還帶了我一箱箱的書；妳知道我是最愛書的。在短短的十二年裡，妳操的心比人家一輩子還多；謙，妳那樣身子怎麼經得住！妳將我的責任一股腦兒擔負了去，壓死了妳；我如何對得起妳！

　　妳為我的撈什子書也費了不少神；第一回讓妳父親的男傭人從家鄉捎到上海去。他說了幾句閒話，妳氣得在妳父親面前哭了。第二回是帶著逃難，別人都說妳傻子。妳有妳的

想頭：「沒有書怎麼教書？況且他又愛這個玩意兒。」其實妳沒有曉得，那些書丟了也並不可惜；不過教妳怎麼曉得，我平常從來沒和妳談過這些個！總而言之，妳的心是可感謝的。這十二年裡妳為我吃的苦真不少，可是沒有過幾天好日子。我們在一起住，算來也還不到五個年頭。無論日子怎麼壞，無論是離是合，妳從來沒對我發過脾氣，連一句怨言也沒有。 —— 別說怨我，就是怨命也沒有過。老實說，我的脾氣可不大好，遷怒的事兒有的是。那些時候妳往往抽噎著流眼淚，從不回嘴，也不號啕。不過我也只信得過妳一個人，有些話我只和妳一個人說，因為世界上只妳一個人真關心我，真同情我。妳不但為我吃苦，更為我分苦；我之有我現在的精神，大半是妳給我培養著的。這些年來我很少生病。但我最不耐煩生病，生了病就呻吟不絕，鬧那伺候病的人。

　　妳是領教過一回的，那回只一兩點鐘，可是也夠麻煩了。妳常生病，卻總不開口，掙扎著起來；一來怕攪我，二來怕沒人做妳那份兒事。我有一個壞脾氣，怕聽人生病，也是真的。後來妳天天發燒，自己還以為南方帶來的瘧疾，一直瞞著我。明明躺著，聽見我的腳步，一骨碌就坐起來。我漸漸有些奇怪，讓大夫一瞧，這可糟了，妳的一個肺已爛了一個大窟窿了！大夫勸妳到西山去靜養，妳丟不下孩子，又

捨不得錢；勸妳在家裡躺著，妳也丟不下那份兒家務。越看越不行了，這才送妳回去。明知凶多吉少，想不到只一個月工夫妳就完了！本來盼望還見得著妳，這一來可拉倒了。妳也何嘗想到這個？父親告訴我，妳回家獨住著一所小住宅，還嫌沒有客廳，怕我回去不便哪。

　　前年夏天回家，上妳墳上去了。妳睡在祖父母的下首，想來還不孤單的。只是當年祖父母的墳太小了，妳正睡在壙底下。這叫做「抗壙」，在生人看來是不安心的；等著想辦法哪。那時壙上壙下密密地長著青草，朝露浸溼了我的布鞋。妳剛埋了半年多，只有壙下多出一塊土，別的全然看不出新墳的樣子。我和隱今夏回去，本想到妳的墳上來；因為她病了沒來成。我們想告訴妳，五個孩子都好，我們一定盡心教養他們，讓他們對得起死了的母親 —— 妳！謙，好好兒放心安睡吧，妳。

1932 年 10 月 11 日作

（原載 1933 年 1 月 1 日《東方雜誌》第 30 卷第 1 號）

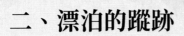

# 二、漂泊的蹤跡

# 槳聲燈影裡的秦淮河

一九二三年八月的一晚，我和平伯同遊秦淮河；平伯是初泛，我是重來了。我們雇了一隻「七板子」，在夕陽已去，皎月方來的時候，便下了船。於是槳聲汩──汩，我們開始領略那晃蕩著薔薇色歷史的秦淮河的滋味了。

秦淮河裡的船，比北京萬牲園、頤和園的船好，比西湖的船好，比揚州瘦西湖的船也好。這幾處的船不是覺著笨，就是覺著簡陋、侷促；都不能引起乘客們的情韻，如秦淮河的船一樣。秦淮河的船約略可分為兩種：一是大船；一是小船，就是所謂「七板子」。大船艙口闊大，可容二三十人。裡面陳設著字畫和光潔的紅木家具，桌上一律嵌著冰涼的大理石面。窗格雕鏤頗細，使人起柔膩之感。窗格里映著紅色藍色的玻璃，玻璃上有精緻的花紋，也頗悅人目。「七板子」規模雖不及大船，但那淡藍色的欄杆，空敞的艙，也足繫人情思。而最出色處卻在它的艙前。艙前是甲板上的一部。上面有弧形的頂，兩邊用疏疏的欄杆支著。裡面通常放著兩張藤的躺椅。躺下，可以談天，可以望遠，可以顧盼兩岸的河房。大船上也有這個，便在小船上更覺清雋罷了。艙前的頂

下，一律懸著燈彩；燈的多少、明暗，彩蘇的精粗、豔晦，是不一的。但好歹總還你一個燈彩。這燈彩實在是最能鉤人的東西。夜幕垂垂地下來時，大小船上都點起燈火。從兩重玻璃裡映出那輻射著的黃黃的散光，反暈出一片朦朧的煙靄；透過這煙靄，在黯黯的水波裡，又逗起縷縷的明漪。在這薄靄和微漪裡，聽著那悠然的間歇的槳聲，誰能不被引入他的美夢去呢？只愁夢太多了，這些大小船兒如何載得起呀？我們這時模模糊糊的談著明末的秦淮河的豔跡，如《桃花扇》及《板橋雜記》裡所載的。我們真神往了。我們彷彿親見那時華燈映水，畫舫凌波的光景了。於是我們的船便成了歷史的重載了。我們終於恍然秦淮河的船所以雅麗過於他處，而又有奇異的吸引力的，實在是許多歷史的影像使然了。

秦淮河的水是碧陰陰的；看起來厚而不膩，或者是六朝金粉所凝麼？我們初上船的時候，天色還未斷黑，那漾漾的柔波是這樣的恬靜、委婉，使我們一面有水闊天空之想，一面又憧憬著紙醉金迷之境了。等到燈火明時，陰陰的變為沉沉了：黯淡的水光，像夢一般；那偶然閃爍著的光芒，就是夢的眼睛了。我們坐在艙前，因了那隆起的頂棚，彷彿總是昂著首向前走著似的；於是飄飄然如御風而行的我們，看著那些自在的灣泊著的船，船裡走馬燈般的人物，便像是下界

一般，迢迢的遠了，又像在霧裡看花，盡朦朦朧朧的。這時我們已過了利涉橋，望見東關頭了。沿路聽見斷續的歌聲：有從沿河的妓樓飄來的，有從河上船裡度來的。我們明知那些歌聲，只是些因襲的言詞，從生澀的歌喉裡機械的發出來的；但它們經了夏夜微風的吹漾和水波的搖拂，裊娜著到我們耳邊的時候，已經不單是她們的歌聲，而混著微風和河水的密語了。於是我們不得不被牽惹著、震撼著，相與浮沉於這歌聲裡了。從東關頭轉彎，不久就到大中橋。大中橋共有三個橋拱，都很闊大，儼然是三座門兒；使我們覺得我們的船和船裡的我們，在橋下過去時，真是太無顏色了。橋磚是深褐色，表明它歷史的長久；但都完好無缺，令人太息於古昔工程的堅美。橋上兩旁都是木壁的房子，中間應該有街路？這些房子都破舊了，多年煙燻的跡，遮沒了當年的美麗。我想像秦淮河的極盛時，在這樣宏闊的橋上，特地蓋了房子，必然是髹漆得富富麗麗的；晚間必然是燈火通明的。現在卻只剩下一片黑沉沉！但是橋上造著房子，畢竟使我們多少可以想見往日的繁華；這也慰情聊勝無了。過了大中橋，便到了燈月交輝，笙歌徹夜的秦淮河；這才是秦淮河的真面目哩。

大中橋外，頓然空闊，和橋內兩岸排著密密的人家的大

異了。一眼望去，疏疏的林，淡淡的月，襯著藍蔚的天，頗像荒江野渡光景；那邊呢，鬱叢叢的，陰森森的，又似乎藏著無邊的黑暗：令人幾乎不信那是繁華的秦淮河了。但是河中眩暈著的燈光，縱橫著的畫舫，悠揚著的笛韻，夾著那吱吱的胡琴聲，終於使我們認識綠如茵陳酒的秦淮水了。此地天裸露著的多些，故覺夜來的獨遲些；從清清的水影裡，我們感到的只是薄薄的夜 —— 這正是秦淮河的夜。大中橋外，本來還有一座復成橋，是船伙口中我們的遊蹤盡處，或也是秦淮河繁華的盡處了。我的腳曾踏過復成橋的脊，在十三四歲的時候。但是兩次游秦淮河，卻都不曾見著復成橋的面；明知總在前途的，卻常覺得有些虛無縹緲似的。我想，不見倒也好。這時正是盛夏，我們下船後，藉著新生的晚涼和河上的微風，暑氣已漸漸消散；到了此地，豁然開朗，身子頓然輕了 —— 習習的清風荏苒在面上、手上、衣上，這便又感到了一縷新涼了。南京的日光，大概沒有杭州猛烈；西湖的夏夜老是熱蓬蓬的，水像沸著一般，秦淮河的水卻盡是這樣冷冷地綠著。任你人影的憧憧，歌聲的擾擾，總像隔著一層薄薄的綠紗面冪似的；它盡是這樣靜靜的，冷冷的綠著。我們出了大中橋，走不上半里路，船伙便將船划到一旁，停了槳由它宕著。他以為那裡正是繁華的極點，再過去就是荒涼

了，所以讓我們多多賞鑑一會兒；他自己卻靜靜的蹲著。他是看慣這光景的了，大約只是一個無可無不可。這無可無不可，無論是升的沉的，總之，都比我們高了。

那時河裡鬧熱極了，船大半泊著，小半在水上穿梭似的來往。停泊著的都在近市的那一邊，我們的船自然也夾在其中。因為這邊略略的擠，便覺得那邊十分的疏了。在每一隻船從那邊過去時，我們能畫出它輕輕的影和曲曲的波，在我們的心上；這顯著是空，且顯著是靜了。那時處處都是歌聲和淒厲的胡琴聲，圓潤的喉嚨，確乎是很少的。但那生澀的、尖脆的調子能使人有少年的、粗率不拘的感覺，也正可快我們的意。況且多少隔開些兒聽著，因為想像與渴慕的做美，總覺更有滋味；而競發的喧囂、抑揚的不齊、遠近的雜沓，和樂器的嘈嘈切切，合成另一意味的諧音，也使我們無所適從，如隨著大風而走。這實在因為我們的心枯澀久了，變為脆弱，故偶然潤澤一下，便瘋狂似的不能自主了。但秦淮河確也膩人。即如船裡的人面，無論是和我們一堆兒泊著的，無論是從我們眼前過去的，總是模模糊糊的，甚至渺渺茫茫的；任你張圓了眼睛，揩淨了眥垢，也是枉然。這真夠人想呢。在我們停泊的地方，燈光原是紛然的；不過這些燈光都是黃而有暈的。黃已經不能明了，再加上了暈，便更不

成了。燈愈多，暈就愈甚；在繁星般的黃的交錯裡，秦淮河彷彿籠上了一團光霧。光芒與霧氣騰騰的暈著，什麼都只剩了輪廓了；所以人面的詳細曲線，便消失於我們的眼底了。但燈光究竟奪不了那邊的月色；燈光是渾的，月色是清的，在渾沌的燈光裡，滲入了一派清輝，卻真是奇蹟！那晚月兒已瘦削了兩三分。她晚妝才罷，盈盈的上了柳梢頭。天是藍得可愛，彷彿一汪水似的；月兒便更出落得精神了。岸上原有三株兩株的垂楊樹，淡淡的影子，在水裡搖曳著。它們那柔細的枝條浴著月光，就像一支支美人的臂膊，交互的纏著、挽著；又像是月兒披著的髮。而月兒偶然也從它們的交叉處偷偷窺看我們，大有小姑娘怕羞的樣子。岸上另有幾株不知名的老樹，光光的立著；在月光裡照起來，卻又儼然是精神矍鑠的老人。遠處 —— 快到天際線了，才有一兩片白雲，亮得現出異彩，像美麗的貝殼一般。白雲下便是黑黑的一帶輪廓；是一條隨意畫的不規則的曲線。這一段光景，和河中的風味大異了。但燈與月竟能並存著、交融著，使月成了纏綿的月，燈射著渺渺的靈輝；這正是天之所以厚秦淮河，也正是天之所以厚我們了。

這時卻遇著了難解的糾紛。秦淮河上原有一種歌妓，是以歌為業的。從前都在茶舫上，唱些大曲之類。每日午後一

時起，什麼時候止，卻忘記了。晚上照樣也有一回，也在黃暈的燈光裡。我從前過南京時，曾隨著朋友去聽過兩次。因為茶舫裡的人臉太多了，覺得不大適意，終於聽不出所以然。前年聽說歌妓被取締了，不知怎的，頗涉想了幾次——卻想不出什麼。這次到南京，先到茶舫上去看看，覺得頗是寂寥，令我無端的悵悵了。不料她們卻仍在秦淮河裡掙扎著，不料她們竟會糾纏到我們，我於是很張皇了。她們也乘著「七板子」，她們總是坐在艙前的。艙前點著石油汽燈，光亮炫人眼目，坐在下面的，自然是纖毫畢見了——引誘客人們的力量，也便在此了。艙裡躲著樂工等人，映著汽燈的餘輝蠕動著，他們是永遠不被注意的。每船的歌妓大約都是二人，天色一黑，她們的船就在大中橋外往來不息的兜生意。無論行著的船、泊著的船，都要來兜攬的。這都是我後來推想出來的。那晚不知怎樣，忽然輪著我們的船了。我們的船好好的停著，一隻歌舫划向我們來了，漸漸和我們的船並著了。鑠鑠的燈光逼得我們皺起了眉頭，我們的風塵色全給它托出來了，這使我跼蹐不安了。那時一個夥計跨過船來，拿著攤開的歌折，就近塞向我的手裡，說：「點幾齣吧！」他跨過來的時候，我們船上似乎有許多眼光跟著，同時相近的別的船上也似乎有許多眼睛炯炯的向我們船上看著。我真窘

了！我也裝出大方的樣子，向歌妓們瞥了一眼，但究竟是不成的！我勉強將那歌折翻了一翻，卻不曾看清了幾個字，便趕緊遞還那夥計，一面不好意思地說：「不要，我們……不要。」他便塞給平伯。平伯掉轉頭去，搖手說：「不要！」那人還膩著不走。平伯又回過臉來，搖著頭道：「不要！」於是那人重到我處。我窘著再拒絕了他，他這才有所不屑似的走了。我的心立刻放下，如釋了重負一般。我們就開始自白了。

我說我受了道德律的壓迫，拒絕了她們，心裡似乎很抱歉的。這所謂抱歉，一面對於她們，一面對於我自己。她們於我們雖然沒有很奢的希望，但總有些希望的。我們拒絕了她們，無論理由如何充足，卻使她們的希望受了傷；這總有幾分不作美了。這是我覺得很悵悵的。至於我自己，更有一種不足之感。我這時被四面的歌聲誘惑了，降服了；但是遠遠的，遠遠的歌聲總彷彿隔著重衣搔癢似的，越搔越搔不著癢處。我於是憧憬著貼耳的妙音了。在歌舫划來時，我的憧憬，變為盼望；我固執的盼望著，有如飢渴。雖然從淺薄的經驗裡，也能夠推知，那貼耳的歌聲，將剝去了一切的美妙；但一個平常的人像我，誰願憑了理性之力去醜化未來呢？我寧願自己騙著了。不過我的社會感性是很敏銳的；我的思力

能拆穿道德律的西洋鏡，而我的感情卻終於被它壓服著，我於是有所顧忌了，尤其是在眾目昭彰的時候。道德律的力，本來是民眾賦予的；在民眾的面前，自然更顯出它的威嚴了。我這時一面盼望，一面卻感到了兩重的禁制：一，在通俗的意義上，接近妓者總算一種不正當的行為；二，妓是一種不健全的職業，我們對於她們，應有哀矜勿喜之心，不應賞玩的去聽她們的歌。在眾目睽睽之下，這兩種思想在我心裡最為旺盛。她們暫時壓倒了我聽歌的盼望，這便成就了我的灰色的拒絕。那時的心實在異常狀態中，覺得頗是昏亂。歌舫去了，暫時寧靜之後，我的思緒又如潮湧了。兩個相反的意思在我心頭往復：賣歌和賣淫不同，聽歌和狎妓不同，又干道德甚事？——但是，但是，她們既被逼的以歌為業，她們的歌必無藝術味的；況她們的身世，我們究竟該同情的。所以拒絕倒也是正辦。但這些意思終於不曾撇開我聽歌的盼望。它力量異常堅強，它總想將別的思緒踏在腳下。從這重重的爭鬥裡，我感到了濃厚的不足之感。這不足之感使我的心盤旋不安，起坐都不安寧了。唉！我承認我是一個自私的人！平伯呢，卻與我不同。他引周啟明先生的詩：「因為我有妻子，所以我愛一切的女人；因為我有子女，所以我愛一切的孩子。」

　　他的意思可以見了。他因為推及的同情，愛著那些歌妓，並且尊重著她們，所以拒絕了她們。在這種情形下，他自然以為聽歌是對於她們的一種侮辱。但他也是想聽歌的，雖然不和我一樣，所以在他的心中，當然也有一番小小的爭鬥；爭鬥的結果，是同情勝了。至於道德律，在他是沒有什麼的；因為他很有蔑視一切的傾向，民眾的力量在他是不大覺著的。這時他的心意的活動比較簡單，又比較鬆弱，故事後還怡然自若；我卻不能了。這裡平伯又比我高了。

　　在我們談話中間，又來了兩只歌舫。夥計照前一樣的請我們點戲，我們照前一樣的拒絕了。我受了三次窘，心裡的不安更甚了。清豔的夜景也為之減色。船伕大約因為要趕第二趟生意，催著我們回去；我們無可無不可的答應了。我們漸漸和那些暈黃的燈光遠了，只有些月色冷清清的隨著我們的歸舟。我們的船竟沒個伴兒，秦淮河的夜正長哩！到大中橋近處，才遇著一隻來船。這是一隻載妓的板船，黑漆漆的沒有一點光。船頭上坐著一個妓女；暗裡看出，白地小花的衫子，黑的下衣。她手裡拉著胡琴，口裡唱著青衫的調子。她唱得響亮而圓轉；當她的船箭一般駛過去時，餘音還裊裊地在我們耳際，使我們傾聽而嚮往。想不到在弩末的遊蹤裡，還能領略到這樣的清歌！這時船過大中橋了，森森的水

影，如黑暗張著巨口，要將我們的船吞了下去，我們回顧那
渺渺的黃光，不勝依戀之情；我們感到了寂寞！這一段地方
夜色甚濃，又有兩頭的燈火招邀著；橋外的燈火不用說了，
過了橋另有東關頭疏疏的燈火。我們忽然仰頭看見依人的素
月，不覺深悔歸來之早了！走過東關頭，有一兩只大船灣泊
著，又有幾隻船向我們來著。囂囂的一陣歌聲人語，彷彿笑
我們無伴的孤舟哩。東關頭轉彎，河上的夜色更濃了；臨水
的妓樓上，時時從簾縫裡射出一線一線的燈光，彷彿黑暗從
酣睡裡眨了一眨眼。我們默然的對著，靜聽那汨 —— 汨的槳
聲，幾乎要入睡了；朦朧裡卻溫尋著適才的繁華的餘味。我
那不安的心在靜裡愈顯活躍了！這時我們都有了不足之感，
而我的更其濃厚。我們卻只不願回去，於是只能由懊悔而悵
惘了。船裡便滿載著悵惘了。直到利涉橋下，微微嘈雜的人
聲，才使我豁然一驚；那光景卻又不同。右岸的河房裡，都
大開了窗戶，裡面亮著晃晃的電燈；電燈的光射到水上，蜿
蜒曲折，閃閃不息，正如跳舞著的仙女的臂膊。我們的船已
在她的臂膊裡了，如睡在搖籃裡一樣，倦了的我們便又入夢
了。那電燈下的人物，只覺像螞蟻一般，更不去縈念。這是
最後的夢；可惜是最短的夢！黑暗重複落在我們面前，我們
看見傍岸的空船上一星兩星的，枯燥無力又搖搖不定的燈

光。我們的夢醒了，我們知道就要上岸了；我們心裡充滿了
幻滅的情思。

1923 年 10 月 11 日作完，溫州

（原載 1924 年 1 月 25 日《東方雜誌》第 21 卷第 2 號

20 週年紀念號）

# 溫州的蹤跡

## 「月朦朧，鳥朦朧，簾卷海棠紅」

這是一張尺多寬的小小的橫幅，馬孟容君畫的。上方的左角，斜著一卷綠色的簾子，稀疏而長；當紙的直處三分之一，橫處三分之二。簾子中央，著一黃色的，茶壺嘴似的鉤兒 —— 就是所謂軟金鉤麼？「鉤彎」垂著雙穗，石青色；絲縷微亂，若小曳於輕風中。紙右一圓月，淡淡的青光遍滿紙上；月的純淨，柔軟與平和，如一張睡美人的臉。從簾的上端向右斜伸而下，是一枝交纏的海棠花。花葉扶疏，上下錯落著，共有五叢；或散或密，都玲瓏有致。葉嫩綠色，彷彿掐得出水似的；在月光中掩映著，微微有淺深之別。花正盛開，紅豔欲流；黃色的雄蕊歷歷的、閃閃的。襯托在叢綠之間，特別覺著妖嬈了。枝欹斜而騰挪，如少女的一隻臂膊。枝上歇著一對黑色的八哥，背著月光，向著簾裡。一隻歇得高些，小小的眼兒半睜半閉的，似乎在入夢之前，還有所留戀似的。那低些的一隻別過臉來對著這一隻，已縮著頸兒睡了。簾下是空空的，不著一些痕跡。

　　試想在圓月朦朧之夜，海棠是這樣的嫵媚而嫣潤；枝頭的好鳥為什麼卻雙棲而各夢呢？在這夜深人靜的當兒，那高踞著的一隻八哥兒，又為何盡撐著眼皮兒不肯睡去呢？他到底等什麼來著？捨不得那淡淡的月兒麼？捨不得那疏疏的簾兒麼？不，不，不，您得到簾下去找，您得向簾中去找 ── 您該找著那捲簾人了？他的情韻風懷，原是這樣這樣的喲！朦朧的豈獨月呢；豈獨鳥呢？但是，咫尺天涯，教我如何耐得？我拚著千呼萬喚；你能夠出來麼？

　　這頁畫布局那樣經濟，設色那樣柔活，故精彩足以動人。雖是區區尺幅，而情韻之厚，已足淪肌浹髓而有餘。我看了這畫，瞿然而驚；留戀之懷，不能自已。故將所感受的印象細細寫出，以志這一段因緣。但我於中西的畫都是門外漢，所說的話不免為內行所笑。 ── 那也只好由他了。

1924 年 2 月 1 日，溫州作

## 綠

　　我第二次到仙岩的時候，我驚詫於梅雨潭的綠了。

　　梅雨潭是一個瀑布潭。仙岩有三個瀑布，梅雨瀑最低。走到山邊，便聽見嘩嘩嘩嘩的聲音；抬起頭，鑲在兩條溼溼的黑邊兒裡的，一帶白而發亮的水便呈現於眼前了。我們先

到梅雨亭。梅雨亭正對著那條瀑布；坐在亭邊，不必仰頭，便可見它的全體了。亭下深深的便是梅雨潭。這個亭踞在突出一角的岩石上，上下都空空兒的，彷彿一隻蒼鷹展著翼翅浮在天宇中一般。三面都是山，像半個環兒擁著；人如在井底了。這是一個秋季的薄陰天氣。微微的雲在我們頂上流著；岩面與草叢都從潤溼中透出幾分油油的綠意。而瀑布也似乎分外的響了。那瀑布從上面沖下，彷彿已被扯成大小的幾綹，不復是一幅整齊而平滑的布。岩上有許多稜角，瀑流經過時，作急遽的撞擊，便飛花碎玉般亂濺著了。那濺著的水花，晶瑩而多芒；遠望去，像一朵朵小小的白梅，微雨似的紛紛落著。據說，這就是梅雨潭之所以得名了。但我覺得像楊花，特別確切些。輕風起來時，點點隨風飄散，那更是楊花了。 —— 這時偶然有幾點送入我們溫暖的懷裡，便倏的鑽了進去，再也尋它不著。

梅雨潭閃閃的綠色招引著我們；我們開始追捉她那離合的神光了。揪著草，攀著亂石，小心探身下去，又鞠躬過了一個石穹門，便到了汪汪一碧的潭邊了。瀑布在襟袖之間，但我的心中已沒有瀑布了。我的心隨潭水的綠而搖盪。那醉人的綠呀！彷彿一張極大極大的荷葉鋪著，滿是奇異的綠呀。我想張開兩臂抱住她，但這是怎樣一個妄想呀。 —— 站

在水邊，望到那面，居然覺著有些遠呢！這平鋪著、厚積著的綠，著實可愛。她鬆鬆地皺纈著，像少婦拖著的裙幅；她輕輕地擺弄著，像跳動的初戀的處女的心；她滑滑地明亮著，像塗了「明油」一般，有雞蛋清那樣軟，那樣嫩，令人想著所曾觸過的最嫩的皮膚；她又不雜些兒塵滓，宛然一塊溫潤的碧玉，只清清的一色 —— 但你卻看不透她！我曾見過北京什剎海拂地的綠楊，脫不了鵝黃的底子，似乎太淡了。我又曾見過杭州虎跑寺近旁高峻而深密的「綠壁」，叢疊著無窮的碧草與綠葉，那又似乎太濃了。其餘呢，西湖的波太明了，秦淮河的也太暗了。可愛的，我將什麼來比擬妳呢？我怎麼比擬得出呢？大約潭是很深的，故能蘊蓄著這樣奇異的綠；彷彿蔚藍的天融了一塊在裡面似的，這才這般的鮮潤呀。 ——那醉人的綠呀！我若能裁妳以為帶，我將贈給那輕盈的舞女；她必能臨風飄舉了。我若能挹妳以為眼，我將贈給那善歌的盲妹；她必明眸善睞了。我捨不得妳；我怎捨得妳呢？我用手拍著妳，撫摩著妳，如同一個十二三歲的小姑娘。我又掬妳入口，便是吻著她了。我送妳一個名字，我從此叫妳「女兒綠」，好麼？

我第二次到仙岩的時候，我不禁驚詫於梅雨潭的綠了。

2 月 8 日，溫州作

## 白水漈

幾個朋友伴我遊白水漈。

這也是個瀑布，但是太薄了，又太細了。有時閃著些許的白光；等你定睛看去，卻又沒有 —— 只剩一片飛煙而已。從前有所謂「霧縠」，大概就是這樣了。所以如此，全由於岩石中間突然空了一段；水到那裡，無可憑依，凌虛飛下，便扯得又薄又細了。當那空處，最是奇蹟。白光嬗為飛煙，已是影子，有時卻連影子也不見。有時微風過來，用纖手挽著那影子，它便裊裊地成了一個軟弧；但她的手才鬆，它又像橡皮帶兒似的，立刻伏伏帖帖的縮回來了。我所以猜疑，或者另有雙不可知的巧手，要將這些影子織成一個幻網。——微風想奪了她的，她怎麼肯呢？

幻網裡也許織著誘惑；我的依戀便是個老大的證據。

3 月 16 日，寧波作

## 生命的價格 —— 七毛錢

生命本來不應該有價格的；而竟有了價格！人販子、老鴇，以至近來的綁票土匪，都就他們的所有物，標上參差的價格，出賣於人；我想將來許還有公開的人市場呢！在種種

「人貨」裡，價格最高的，自然是土匪們的票了，少則成千，多則成萬；大約是有歷史以來，「人貨」的最高的行情了。其次是老鴇們所有的妓女，由數百元到數千元，是常常聽到的。最賤的要算是人販子的貨色！他們所有的，只是些男女小孩，只是些「生貨」，所以便賣不起價錢了。

人販子只是「仲買人」，他們還得取給於「廠家」，便是出賣孩子們的人家。「廠家」的價格才真是道地呢！《青光》裡曾有一段記載，說三塊錢買了一個丫頭；那是移讓過來的，但價格之低，也就夠令人驚詫了！「廠家」的價格，卻還有更低的！三百錢、五百錢買一個孩子，在災荒時不算難事！但我不曾見過。我親眼看見的一條最賤的生命，是七毛錢買來的！這是一個五歲的女孩子。一個五歲的「女孩子」賣七毛錢，也許不能算是最賤，但請您細看：將一條生命的自由和七枚小銀元各放在天平的一個盤裡，您將發現，正如九頭牛與一根牛毛一樣，兩個盤兒的重量相差實在太遠了！

我見這個女孩，是在房東家裡。那時我正和孩子們吃飯，妻走來叫我看一件奇事，七毛錢買來的孩子！孩子端端正正的坐在條凳上，面孔黃黑色，但還豐潤，衣帽也還整潔可看。我看了幾眼，覺得和我們的孩子也沒有什麼差異；我看不出她的低賤生命的符記 —— 如我們看低賤的貨色時所

容易發現的符記。我回到自己的飯桌上，看看阿九和阿菜，始終覺得和那個女孩沒有什麼不同！但是，我畢竟發現真理了！我們的孩子所以高貴，正因為我們不曾出賣他們，而那個女孩所以低賤，正因為她是被出賣的；這就是她只值七毛錢的緣故了！呀，聰明的真理！

　　妻告訴我這孩子沒有父母，她哥嫂將她賣給房東家姑爺開的銀匠店裡的夥計，便是帶著她吃飯的那個人。他似乎沒有老婆，手頭很窘的，而且喜歡喝酒，是一個糊塗的人！我想這孩子父母若還在世，或者還捨不得賣她，至少也要遲幾年賣她；因為她究竟是可憐可憐的小羔羊。到了哥嫂的手裡，情形便不同了！家裡總不寬裕，多一張嘴吃飯，多費些布做衣，是顯而易見的。將來人大了，由哥嫂賣出，究竟是為難的；說不定還得找補些兒，才能送出去。這可多麼冤呀！不如趁小的時候，誰也不注意，做個人情，送了乾淨！您想，溫州不算十分窮苦的地方，也沒碰著大荒年，幹什麼得了七個小毛錢，就心甘情願的將自己的小妹子捧給人家呢？說等錢用？誰也不信！七毛錢了得什麼急事！溫州又不是沒人買的！大約買賣兩方本來相知，那邊恰要個孩子玩兒，這邊也樂得出脫，便半送半賣的含糊定了交易。我猜想那時夥計向袋裡一摸一股腦兒掏了出來，只有七毛錢！哥哥原也不指望

著這筆錢用，也就大大方方收了完事。於是財貨兩交，那女孩便歸夥計管業了！

　　這一筆交易的將來，自然是在運命手裡；女兒本姓「碰」，由她去碰罷了！但可知的，運命絕不加惠於她！第一幕的戲已啟示於我們了！照妻所說，那夥計必無這樣耐心，撫養她成人長大！他將像豢養小豬一樣，等到相當肥壯的時候，便賣給屠戶，任他宰割去；這其間他得了賺頭，是理所當然的！但屠戶是誰呢？在她賣做丫頭的時候，便是主人！「仁慈的」主人只宰割她相當的勞力，如養羊而剪牠的毛一樣。到了相當的年紀，便將她配人。能夠這樣，她雖然被擲在丫頭坯裡，卻還算不幸中之幸哩！但在目下這錢世界裡，如此大方的人究竟是少的；我們所見的，十有六七是刻薄人！她若賣到這種人手裡，他們必拶榨她過量的勞力。供不應求時，便罵也來了，打也來了！等她成熟時，卻又好轉賣給人家作妾；平常拶榨的不夠，這兒又找補一個尾子！偏生這孩子模樣兒又不好，入門不能得丈夫的歡心，容易遭大婦的凌虐，又是顯然的！她的一生，將消磨於眼淚中了！也有些主人自己收婢作妾的，但紅顏白髮，也只空斷送了她的一生！和前例相較，只是五十步與百步而已。── 更可危的，她若被那夥計賣在妓院裡，老鴇才真是個令人肉顫的屠戶呢！

我們可以想到：她怎樣逼她學彈學唱，怎樣驅遣她去做粗活！怎樣用藤筋打她，用針炙她！怎樣督責她承歡賣笑！她怎樣吃殘羹冷飯！怎樣打熬著不得睡覺！怎樣終於生了一身毒瘡！她的相貌使她只能做下等妓女；她的淪落風塵是終生的！她的悲劇也是終生的！──唉！七毛錢竟買了妳的全生命──妳的血肉之軀竟抵不上區區七個小銀元麼！生命真太賤了！生命真太賤了！

因此想到自己的孩子的運命，真有些膽寒！錢世界裡的生命市場存在一日，都是我們孩子的危險！都是我們孩子的侮辱！您有孩子的人呀，想想看，這是誰之罪呢？這是誰之責呢？

4月9日，寧波作

（原載《我們的七月》）

# 春暉的一月

　　去年在溫州，常常看到本刊，覺得很是歡喜。本刊印刷的形式，也頗別緻，更使我有一種美感。今年到寧波時，聽許多朋友說，白馬湖的風景怎樣怎樣好，更加嚮往。雖然於什麼藝術都是門外漢，我卻懷抱著愛「美」的熱誠，三月二日，我到這兒上課來了。在車上看見「春暉中學校」的路牌，白地黑字的，小鞦韆架似的路牌，我便高興。出了車站，山光水色，撲面而來，若許我抄前人的話，我真是「應接不暇」了。於是我便開始了春暉的第一日。

　　走向春暉，有一條狹狹的煤屑路。那黑黑的細小的顆粒，腳踏上去，便發出一種摩擦的噪音，給我多少輕新的趣味。而最繫我心的，是那小小的木橋。橋黑色，由這邊慢慢地隆起，到那邊又慢慢的低下去，故看去似乎很長。我最愛橋上的欄杆，那變形的紋的欄杆；我在車站門口早就看見了，我愛它的玲瓏！橋之所以可愛，或者便因為這欄杆哩。我在橋上逗留了好些時。這是一個陰天，山的容光，被雲霧遮了一半，彷彿淡妝的姑娘。但三面映照起來，也就青得可以了，映在湖裡，白馬湖裡，接著水光，卻另有一番妙景。

我右手是個小湖，左手是個大湖。湖有這樣大，使我自己覺得小了。湖水有這樣滿，彷彿要漫到我的腳下。湖在山的趾邊，山在湖的唇邊；他倆這樣親密，湖將山全吞下去了。吞的是青的，吐的是綠的，那軟軟的綠呀，綠的是一片，綠的卻不安於一片；它無端地皺起來了。如絮的微痕，界出無數片的綠；閃閃閃閃的，像好看的眼睛。湖邊繫著一隻小船，四面卻沒有一個人，我聽見自己的呼吸。想起「野渡無人舟自橫」的詩，真覺物我雙忘了。

好了，我也該下橋去了；春暉中學校還沒有看見呢。彎了兩個彎兒，又過了一重橋。當面有山擋住去路；山旁只留著極狹極狹的小徑。挨著小徑，抹過山角，豁然開朗；春暉的校舍和曆落的幾處人家，都已在望了。遠遠看去，房屋的布置頗疏散有致，絕無擁擠、侷促之感。我緩緩走到校前，白馬湖的水也跟我緩緩的流著。我碰著丏尊先生，他引我過了一座水門汀的橋，便到了校裡。校裡最多的是湖，三面潺潺的流著；其次是草地，看過去芊芊的一片。我是常住城市的人，到了這種空曠的地方，有莫名的喜悅！鄉下人初進城，往往有許多的驚異，供給笑話的材料；我這城裡人下鄉，卻也有許多的驚異 —— 我的可笑，或者竟不下於初進城的鄉下人。閒言少敘，且說校裡的房屋、格式、布置固然疏落有

味，便是裡面的用具，也無一不顯出巧妙的匠意，絕無笨伯的手澤。晚上我到幾位同事家去看，壁上有書有畫，布置井井，令人耐坐。這種情形正與學校的布置、自然界的布置是一致的。美的一致，一致的美，是春暉給我的第一件禮物。

有話即長，無話即短，我到春暉教書，不覺已一個月了。在這一個月裡，我雖然只在春暉登了十五日（我在寧波四中兼課），但覺甚是親密。因為在這裡，真能夠無町畦。我看不出什麼界線，因而也用不著什麼防備，什麼顧忌；我只照我所喜歡的做就是了。這就是自由了。從前我到別處教書時，總要做幾個月的「生客」，然後才能坦然。對於「生客」的猜疑，本是原始社會的遺形物，其故在於不相知。這在現社會，也不能免的。但在這裡，因為沒有層迭的歷史，又結合比較的單純，故沒有這種習染。這是我所深願的！這裡的教師與學生，也沒有什麼界限。在一般學校裡，師生之間往往隔開一無形界限，這是最足減少教育效力的事！學生對於教師，「敬鬼神而遠之」；教師對於學生，爾為爾，我為我，休戚不關，理亂不聞！這樣兩橛的形勢，如何說得到人格感化？如何說得到「造成健全人格」？這裡的師生卻沒有這樣情形。無論何時，都可自由說話；一切事務，常常通力合作。校裡只有協治會而沒有自治會。感情既無隔閡，事務自然都

開誠布公，無所用其躲閃。學生因無須矯情飾偽，故甚活潑有意思。又因能順全天性，不遭壓抑，加以自然界的陶冶，故趣味比較純正。── 也有太隨便的地方，如有幾個人上課時喜歡談閒天，有幾個人喜歡吐痰在地板上，但這些總容易矯正的。── 春暉給我的第二件禮物是真誠，一致的真誠。

　　春暉是在極幽靜的鄉村地方，往往終日看不見一個外人！寂寞是小事；在學生的修養上卻有了問題。現在的生活中心，是城市而非鄉村。鄉村生活的修養能否適應城市的生活，這是一個問題。此地所說適應，只指兩種意思：一是抵抗誘惑，二是應付環境 ── 明白些說，就是應付人，應付物。鄉村誘惑少，不能養成定力；在鄉村是好人的，將來一入城市做事，或者竟抵擋不住。就一般人而論，抵抗誘惑的力量大抵和性格、年齡、學識、經濟力等有「相當」的關係。除經濟力與年齡外，性格、學識，都可用教育的力量提高它，這樣增加抵抗誘惑的力量。提高的意思，說得明白些，便是以高等的趣味替代低等的趣味；養成優良的習慣，使不良的動機不容易有效。用了這種方法，學生達到高中畢業的年齡，也總該有相當的抵抗力了，入城市生活又何妨？（不及初中畢業時者，因初中畢業，仍須續入高中，不必自己掙扎，故不成問題。）有了這種抵抗力，雖還有經濟力可以作

崇，但也不能有大效。前面那禪師所以不行，一因他過的是
孤獨的生活，故反動力甚大，一因他只知克制，不知替代；
故外力一強，便「虎兕出於神」了！這豈可與現在這裡學生的
鄉村生活相提並論呢？至於應付環境，我以為應付物是小問
題，可以隨時指導；而且這與鄉村、城市無大關係。

　我是城市的人，但初到上海，也曾因不會乘電車而跌了
一跤，跌得皮破血流；這與鄉下諸公又差得幾何呢？若說應
付人，無非是機心！什麼「逢人只說三分話，未可全拋一片
心」，便是代表的教訓。教育有改善人心的使命，這種機心，
有無養成的必要，是一個問題。姑不論這個，要養成這種機
心，也非到上海這種地方去不成；普通城市正和鄉村一樣，
是沒有什麼幫助的。凡以上所說，無非要使大家相信，這裡
的鄉村生活的修養，並不一定不能適應將來城市的生活。況
且我們還可以舉行旅行，以資調劑呢。況且城市生活的修
養，雖自有它的好處，但也有流弊。如誘惑太多，年齡太小
或性格未佳的學生，或者轉易陷溺 —— 那就不但不能磨練定
力，反早早的將定力喪失了！所以城市生活的修養不一定比
鄉村生活的修養有效。 —— 只有一層，鄉村生活足以減少少
年人的進取心，這卻是真的！

　說到我自己，卻甚喜歡鄉村的生活，更喜歡這裡的鄉村

的生活。我是在狹的籠的城市裡生長的人，我要補救這個單調的生活，我現在住在繁囂的都市裡，我要以閒適的境界調和它。我愛春暉的閒適！閒適的生活可說是春暉給我的第三件禮物！

　　我已說了我的「春暉的一月」；我說的都是我要說的話。或者有人說，讚美多而勸勉少，近乎「戲臺裡喝彩」！假使這句話是真的，我要切實聲明：我的多讚美，必是情不自禁之故；我的少勸勉，或是觀察時期太短之故。

1924 年 4 月 12 日夜作

（原載 1924 年 4 月 16 日《春暉》第 27 期）

# 白馬湖

今天是個下雨的日子。這使我想起了白馬湖；因為我第一回到白馬湖，正是微風飄蕭的春日。

白馬湖在甬紹鐵道的驛亭站，是個極小極小的鄉下地方。在北方說起這個名字，管保一百個人一百個人不知道。但那卻是一個不壞的地方。這名字先就是一個不壞的名字。據說從前（宋時？）有個姓周的騎白馬入湖仙去，所以有這個名字。這個故事也是一個不壞的故事。假使你樂意蒐集，或也可編成一本小書，交北新書局印去。

白馬湖並非圓圓的或方方的一個湖，如你所想到的，這是曲曲折折大大小小許多湖的總名。湖水清極了，如你所能想到的，一點兒不含糊像鏡子。沿鐵路的水，再沒有比這裡清的，這是公論。遇到旱年的夏季，別處湖裡都長了草，這裡卻還是一清如故。白馬湖最大的，也是最好的一個，便是我們住過的屋的門前那一個。那個湖不算小，但湖口讓兩面的山包抄住了。外面只見微微的碧波而已，想不到有那麼大的一片。湖的盡裡頭，有一個三四十戶人家的村落，叫做西徐嶴，因為姓徐的多。這村落與外面本是不相通的，村裡人

要出來得撐船。後來春暉中學在湖邊造了房子，這才造了兩座玲瓏的小木橋，築起一道煤屑路，直通到驛亭車站。那是窄窄的一條人行路，蜿蜒曲折的，路上雖常不見人，走起來卻不見寂寞。尤其在微雨的春天，一個初到的來客，他左顧右盼，是只有覺得熱鬧的。

春暉中學在湖的最勝處，我們住過的屋也相去不遠，是半西式。湖光山色從門裡從牆頭進來，到我們窗前、桌上。我們幾家接連著；丏翁的家最講究。屋裡有名人字畫，有古瓷，有銅佛，院子裡滿種著花。屋子裡的陳設又常常變換，給人新鮮的受用。他有這樣好的屋子，又是好客如命，我們便不時地上他家裡喝老酒。丏翁夫人的烹調也極好，每回總是滿滿的盤碗拿出來，空空的收回去。白馬湖最好的時候是黃昏。湖上的山籠著一層青色的薄霧，在水裡映著參差的模糊的影子。水光微微地黯淡，像是一面古銅鏡。輕風吹來，有一兩縷波紋，但隨即平靜了。天上偶見幾隻歸鳥，我們看著牠們越飛越遠，直到不見為止。這個時候便是我們喝酒的時候。我們說話很少，上了燈話才多些，但大家都已微有醉意。是該回家的時候了。若有月光也許還得徘徊一會；若是黑夜，便在暗裡摸索醉著回去。

白馬湖的春日自然最好。山是青得要滴下來，水是滿滿的、軟軟的。小馬路的兩邊，一株接一株地種著小桃與楊

柳。小桃上各綴著幾朵重瓣的紅花，像夜空的疏星。楊柳在暖風裡不住地搖曳。在這路上走著，時而聽見銳而長的火車的笛聲是別有風味的。在春天，不論是晴是雨，是月夜是黑夜，白馬湖都好。 —— 雨中田裡菜花的顏色最早鮮豔；黑夜雖什麼不見，但可靜靜地受用春天的力量。夏夜也有好處，有月時可以在湖裡划小船，四面滿是青靄。船上望別的村莊，像是蜃樓海市，浮在水上，迷離徜恍的；有時聽見人聲或犬吠，大有世外之感。若沒有月呢，便在田野裡看螢火。那螢火不是一星半點的，如你們在城中所見；那是成千成百的螢火。一片兒飛出來，像金線網似的，又像耍著許多火繩似的。只有一層使我憤恨。那裡水田多，蚊子太多，而且幾乎全閃閃爍爍是瘧蚊子。我們一家都染了瘧疾，至今三四年了，還有未斷根的。蚊子多足以減少露坐夜談或划船夜遊的興致，這未免是美中不足了。

離開白馬湖是三年前的一個冬日。前一晚「別筵」上，有丏翁與雲君，我不能忘記丏翁，那是一個真摯豪爽的朋友。但我也不能忘記雲君，我應該這樣說，那是一個可愛的 —— 孩子。

7 月 14 日，北平

（原載 1929 年 11 月 1 日《清華週刊》第 32 卷第 3 期）

# 揚州的夏日

　　揚州從隋煬帝以來，是詩人文士所稱道的地方；稱道的多了，稱道得久了，一般人便也隨聲附和起來。直到現在，你若向人提起揚州這個名字，他會點頭或搖頭說：「好地方！好地方！」特別是沒去過揚州而唸過些唐詩的人，在他心裡，揚州真像蜃樓海市一般美麗；他若唸過《揚州畫舫錄》一類書，那更了不得了。但在一個久住揚州像我的人，他卻沒有那麼多美麗的幻想，他的憎惡也許掩住了他的愛好；他也許離開了三四年並不去想它。若是想呢，—— 你說他想什麼？女人；不錯，這似乎也有名，但怕不是現在的女人吧？—— 他也只會想著揚州的夏日，雖然與女人仍然不無關係的。

　　北方和南方一個大不同，在我看，就是北方無水而南方有。誠然，北方今年大雨，永定河，大清河甚至決了堤防，但這並不能算是有水；北平的三海和頤和園雖然有點兒水，但太平衍了，一覽而盡，船又那麼笨頭笨腦的。有水的仍然是南方。揚州的夏日，好處大半便在水上 —— 有人稱為「瘦西湖」，這個名字真是太「瘦」了，假西湖之名以行，「雅得這

樣俗」，老實說，我是不喜歡的。下船的地方便是護城河，曼衍開去，曲曲折折，直到平山堂，—— 這是你們熟悉的名字 —— 有七八里河道，還有許多杈杈椏椏的支流。這條河其實也沒有頂大的好處，只是曲折而有些幽靜，和別處不同。沿河最著名的風景是小金山，法海寺，五亭橋；最遠的便是平山堂了。金山你們是知道的，小金山卻在水中央。在那裡望水最好，看月自然也不錯 —— 可是我還不曾有過那樣福氣。「下河」的人十之九是到這兒的，人不免太多些。法海寺有一個塔，和北海的一樣，據說是乾隆皇帝下江南，鹽商們連夜督促匠人造成的。法海寺著名的自然是這個塔；但還有一樁，你們猜不著，是紅燒豬頭。夏天吃紅燒豬頭，在理論上也許不甚相宜；可是在實際上，揮汗吃著，倒也不壞的。五亭橋如名字所示，是五個亭子的橋。橋是拱形，中一亭最高，兩邊四亭，參差相稱；最宜遠看，或看影子，也好。橋洞頗多，乘小船穿來穿去，另有風味。平山堂在蜀岡上。登堂可見江南諸山淡淡的輪廓；「山色有無中」一句話，我看是恰到好處，並不算錯。這裡遊人較少，閒坐在堂上，可以永日。沿路光景，也以閒寂勝。從天寧門或北門下船，蜿蜒的城牆，在水裡倒映著蒼黝的影子，小船悠然地撐過去，岸上的喧擾像沒有似的。

　　船有三種：大船專供宴遊之用，可以挾妓或打牌。小時候常跟了父親去，在船裡聽著謀得利洋行的唱片。現在這樣乘船的大概少了吧？其次是「小划子」，真像一瓣西瓜，由一個男人或女人用竹篙撐著。乘的人多了，便可雇兩只，前後用小凳子跨著：這也可算得「方舟」了。後來又有一種「洋划」，比大船小，比「小划子」大，上支布篷，可以遮日遮雨。「洋划」漸漸地多，大船漸漸地少，然而「小划子」總是有人要的。這不獨因為價錢最賤，也因為它的伶俐。一個人坐在船中，讓一個人站在船尾上用竹篙一下一下地撐著，簡直是一首唐詩，或一幅山水畫。而有些好事的少年，願意自己撐船，也非「小划子」不行。「小划子」雖然便宜，卻也有些分別。譬如說，你們也可想到的，女人撐船總要貴些；姑娘撐的自然更要貴囉。這些撐船的女子，便是有人說過的「瘦西湖上的船娘」。船娘們的故事大概不少，但我不很知道。據說以亂頭粗服，風趣天然為勝；中年而有風趣，也仍然算好。可是起初原是逢場作戲，或尚不傷廉惠；以後居然有了價格，便覺意味索然了。

　　北門外一帶，叫做下街，「茶館」最多，往往一面臨河。船行過時，茶客與乘客可以隨便招呼說話。船上人若高興時，也可以向茶館中要一壺茶，或一兩種「小籠點心」，在

河中喝著、吃著、談著。回來時再將茶壺和所謂小籠，連價款一併交給茶館中人。撐船的都與茶館相熟，他們不怕你白吃。揚州的小籠點心實在不錯：我離開揚州，也走過七八處大大小小的地方，還沒有吃過那樣好的點心；這其實是值得惦記的。茶館的地方大致總好，名字也頗有好的。如香影廊、綠楊村、紅葉山莊，都是到現在還記得的。綠楊村的幌子，掛在綠楊樹上，隨風飄展，使人想起「綠楊城郭是揚州」的名句。裡面還有小池，叢竹，茅亭，景物最幽。這一帶的茶館布置都歷落有致，迥非上海、北平方方正正的茶樓可比。

「下河」總是下午。傍晚回來，在暮靄朦朧中上了岸，將大褂折好搭在腕上，一手微微搖著扇子；這樣進了北門或天寧門走回家中。這時候可以念「又得浮生半日閒」那一句詩了。

（原載 1929 年 12 月 11 日《白華旬刊》第 4 期）

# 看花

‧‧‧‧‧‧‧‧‧‧‧‧‧‧‧‧‧‧‧‧‧‧‧‧‧‧‧‧‧‧‧‧‧‧‧‧‧‧‧‧‧‧‧‧‧‧‧‧‧‧‧‧‧‧‧‧‧‧

　　生長在大江北岸一個城市裡，那兒的園林本是著名的，但近來卻很少；似乎自幼就不曾聽見過「我們今天看花去」一類話，可見花事是不盛的。有些愛花的人，大都只是將花栽在盆裡，一盆盆擱在架上，架子橫放在院子裡。院子照例是小小的，只夠放下一個架子，架上至多擱二十多盆花罷了。有時院子裡依牆築起一座「花臺」，臺上種一株開花的樹；也有在院子裡地上種的。但這只是普通的點綴，不算是愛花。

　　家裡人似乎都不甚愛花；父親只在領我們上街時，偶然和我們到「花房」裡去過一兩回。但我們住過一所房子，有一座小花園，是房東家的。那裡有樹，有花架（大約是紫藤花架之類），但我當時還小，不知道那些花木的名字；只記得爬在牆上的是薔薇而已。園中還有一座太湖石堆成的洞門；現在想來，似乎也還好的。在那時由一個頑皮的少年僕人領了我去，卻只知道跑來跑去捉蝴蝶；有時摘下幾朵花，也只是隨意按弄著，隨意丟棄了。至於領略花的趣味，那是以後的事：夏天的早晨，我們那地方有鄉下的姑娘在各處街巷，沿門叫著「賣梔子花來。」梔子花不是什麼高品，但我喜歡那

白而暈黃的顏色和那肥肥的個兒，正和那些賣花的姑娘有著相似的韻味。梔子花的香，濃而不烈，清而不淡，也是我樂意的。我這樣便愛起花來了。也許有人會問：「你愛的不是花吧？」這個我自己其實也已不大弄得清楚，只好存而不論了。

在高小的一個春天，有人提議到城外 F 寺裡吃桃子去，而且預備白吃；不讓吃就鬧一場，甚至打一架也不在乎。那時雖遠在五四運動以前，但我們那裡的中學生卻常有打進戲園看白戲的事。中學生能白看戲，小學生為什麼不能白吃桃子呢？我們都這樣想，便由那提議人糾合了十幾個同學，浩浩蕩蕩地向城外而去。到了 F 寺，氣勢不凡地呵叱著道人們（我們稱寺裡的工人為道人），立刻領我們向桃園裡去。道人們躊躇著說：「現在桃樹剛才開花呢。」但是誰信道人們的話？我們終於到了桃園裡。大家都喪了氣，原來花是真開著呢！這時提議人 P 君便去折花。道人們是一直步步跟著的，立刻上前勸阻，而且用起手來。但 P 君是我們中最不好惹的；「說時遲，那時快」，一眨眼，花在他的手裡，道人已跟蹌在一旁了。那一園子的桃花，想來總該有些可看；我們卻誰也沒有想著去看。只嚷著：「沒有桃子，得沏茶喝！」道人們滿肚子委屈地引我們到「方丈」裡，大家各喝一大杯茶。這才平了氣，談談笑笑地進城去。大概我那時還只懂得愛一朵

朵的梔子花，對於開在樹上的桃花，是並不了然的；所以眼前的機會，便從眼前錯過了。

　　以後漸漸念了些看花的詩，覺得看花頗有些意思。但到北平讀了幾年書，卻只到過崇效寺一次；而去得又嫌早些，那有名的一株綠牡丹還未開呢。北平看花的事很盛，看花的地方也很多；但那時熱鬧的似乎也只有一班詩人名士，其餘還是不相干的。那正是新文學運動的起頭，我們這些少年，對於舊詩和那一班詩人名士，實在有些不敬；而看花的地方又都遠不可言，我是一個懶人，便乾脆地斷了那條心了。後來到杭州做事，遇見了 Y 君，他是新詩人兼舊詩人，看花的興致很好。我和他常到孤山去看梅花。孤山的梅花是古今有名的，但太少；又沒有臨水的，人也太多。有一回坐在放鶴亭上喝茶，來了一個方面有鬚，穿著花緞馬褂的人，用湖南口音和人打招呼道：「梅花盛開嗒！」「盛」字說得特別重，使我吃了一驚；但我吃驚的也只是說在他嘴裡「盛」這個聲音罷了，花的盛不盛，在我倒並沒有什麼的。

　　有一回，Y 來說，靈峰寺有三百株梅花；寺在山裡，去的人也少。我和 Y，還有 N 君，從西湖邊僱船到岳墳，從岳墳入山。曲曲折折走了一會，又上了許多石級，才到山上寺裡。寺甚小，梅花便在大殿西邊園中。園也不大，東牆

下有三間淨室，最宜喝茶看花；北邊有座小山，山上有亭，大約叫「望海亭」吧，望海是未必，但錢塘江與西湖是看得見的。梅樹確是不少，密密地低低地整列著。那時已是黃昏，寺裡只我們三個遊人；梅花並沒有開，但那珍珠似的繁星似的骨朵兒，已經夠可愛了；我們都覺得比孤山上盛開時有味。大殿上正做晚課，送來梵唄的聲音，和著梅林中的暗香，真叫我們捨不得回去。在園裡徘徊了一會，又在屋裡坐了一會，天是黑定了，又沒有月色，我們向廟裡要了一個舊燈籠，照著下山。路上幾乎迷了道，又兩次三番地狗咬；我們的 Y 詩人確有些窘了，但終於到了岳墳。船伕遠遠迎上來道：「你們來了，我想你們不會冤我呢！」在船上，我們還不離口地說著靈峰的梅花，直到湖邊電燈光照到我們的眼。

　　Y 回北平去了，我也到了白馬湖。那邊是鄉下，只有沿湖與楊柳相間著種了一行小桃樹，春天花發時，在風裡嬌媚地笑著。還有山裡的杜鵑花也不少。這些日日在我們眼前，從沒有人像煞有介事地提議，「我們看花去。」但有一位 S 君，卻特別愛養花；他家裡幾乎是終年不離花的。我們上他家去，總看他在那裡不是拿著剪刀修理枝葉，便是提著壺澆水。我們常樂意看著。他院子裡一株紫薇花很好，我們在花旁喝酒，不知多少次。白馬湖住了不過一年，我卻傳染了他

那愛花的嗜好。但重到北平時，住在花事很盛的清華園裡，接連過了三個春，卻從未想到去看一回。只在第二年秋天，曾經和孫三先生在園裡看過幾次菊花。「清華園之菊」是著名的，孫三先生還特地寫了一篇文，畫了好些畫。但那種一盆一幹一花的養法，花是好了，總覺沒有天然的風趣。直到去年春天，有了些餘閒，在花開前，先向人問了些花的名字。一個好朋友是從知道姓名起的，我想看花也正是如此。恰好Y君也常來園中，我們一天三四趟地到那些花下去徘徊。今年Y君忙些，我便一個人去。我愛繁花老幹的杏，臨風婀娜的小紅桃，貼梗累累如珠的紫荊；但最戀戀的是西府海棠。海棠的花繁得好，也淡得好；豔極了，卻沒有一絲蕩意。疏疏的高幹子，英氣隱隱逼人。可惜沒有趁著月色看過；王鵬運有兩句詞道：「只愁淡月朦朧影，難驗微波上下潮。」我想月下的海棠花，大約便是這種光景吧。為了海棠，前兩天在城裡特地冒了大風到中山公園去，看花的人倒也不少；但不知怎的，卻忘了畿輔先哲祠。Y告訴我那裡的一株，遮住了大半個院子；別處的都向上長，這一株卻是橫裡伸張的。花的繁沒有法說；海棠本無香，昔人常以為恨，這裡花太繁了，卻醞釀出一種淡淡的香氣，使人久聞不倦。Y告訴我，正是刮了一日還不息的狂風的晚上；他是前一天去的。他說他去

時地上已有落花了，這一日一夜的風，準完了。他說北平看
花，是要趕著看的：春光太短了，又晴的日子多；今年算是
有陰的日子了，但狂風還是逃不了的。我說北平看花，比別
處有意思，也正在此。這時候，我似乎不甚菲薄那一班詩人
名士了。

1930 年 4 月作

（原載 1930 年 5 月 4 日《清華週刊》第 33 卷第 9 期

文藝專號）

# 南京

　　南京是值得留連的地方，雖然我只是來來去去，而且又都在夏天。也想誇說誇說，可惜知道的太少；現在所寫的，只是一個旅行人的印象罷了。

　　逛南京像逛古董鋪子，到處都有些時代侵蝕的遺痕。你可以摩挲，可以憑弔，可以悠然遐想；想到六朝的興廢，王謝的風流，秦淮的豔跡。這些也許只是老調子，不過經過自家一番體貼，便不同了。所以我勸你上雞鳴寺去，最好選一個微雨天或月夜。在朦朧裡，才醞釀著那一縷幽幽的古味。你坐在一排明窗的豁蒙樓上，吃一碗茶，看面前蒼然蜿蜒著的臺城。臺城外明淨荒寒的玄武湖就像大滌子的畫。豁蒙樓一排窗子安排得最有心思，讓你看的一點不多，一點不少。寺後有一口灌園的井，可不是那陳後主和張麗華躲在一堆兒的「胭脂井」。那口胭脂井不在路邊，得破費點工夫尋覓。井欄也不在井上；要看，得老遠地上明故宮遺址的古物保存所去。

　　從寺後的園地，揀著路上臺城；沒有堆子，真像平臺一樣。踏在茸茸的草上，說不出的靜。夏天白晝有成群的黑蝴

蝶，在微風裡飛；這些黑蝴蝶上下旋轉地飛，遠看像一根粗的圓柱子。城上可以望南京的每一角。這時候若有個熟悉歷代形勢的人，給你指點，隋兵是從這角進來的，湘軍是從那角進來的，你可以想像異樣裝束的隊伍，打著異樣的旗幟，拿著異樣的武器，洶洶湧湧地進來，遠遠彷彿還有哭喊之聲。假如你記得一些金陵懷古的詩詞，趁這時候暗誦幾回，也可印證印證，許更能領略作者當日的情思。

　　從前可以從臺城爬出去，在玄武湖邊；若是月夜，兩三個人，兩三個零落的影子，歪歪斜斜地挪移下去，夠多好。現在可不成了，得出寺，下山，繞著大彎兒出城。七八年前，湖裡幾乎長滿了葦子，一味地荒寒，雖有好月光，也不大能照到水上；船又窄、又小、又漏，教人逛著愁著。這幾年大不同了，一出城，看見湖，就有煙水蒼茫之意；船也大多了，有藤椅子可以躺著。水中岸上都光光的；虧得湖裡有五個洲子點綴著，不然便一覽無餘了。這裡的水是白的，又有波瀾，儼然長江大河的氣勢，與西湖的靜綠不同，最宜於看月，一片空濛，無邊無界。若在微醺之後，迎著小風，似睡非睡地躺在藤椅上，聽著船底汩汩的波響與不知何方來的簫聲，真會教你忘卻身在哪裡。五個洲子似乎都侷促無可看，但長堤宛轉相通，卻值得走走。湖上的櫻桃最出名，據

說櫻桃熟時，遊人在樹下現買，現摘，現吃，談著笑著，多熱鬧的。

清涼山在一個角落裡，似乎人跡不多。掃葉樓的安排與豁蒙樓相彷彿，但窗外的景象不同。這裡是滴綠的山環抱著，山下一片滴綠的樹；那綠色真是撲到人眉宇上來。若許我再用畫來比，這怕像王石谷的手筆了。在豁蒙樓上不容易坐得久，你至少要上臺城去看看。在掃葉樓上卻不想走；窗外的光景好像滿為這座樓而設，一上樓便什麼都有了。夏天去確有一股「清涼」味。這裡與豁蒙樓全有素麵吃，又可口，又賤。

莫愁湖在華嚴庵裡。湖不大，又不能泛舟，夏天卻有荷花荷葉，臨湖一帶屋子，憑欄眺望，也頗有遠情。莫愁小像，在勝棋樓下，不知誰畫的，大約不很古吧；但臉子開得秀逸之至，衣褶也柔活之至，大有「揮袖凌虛翔」的意思；若讓我題，我將毫不躊躇地寫上「仙乎仙乎」四字。另有石刻的畫像，也在這裡，想來許是那一幅畫所從出；但生氣反而差得多。這裡雖也臨湖，因為屋子深，顯得陰暗些；可是古色古香，陰暗得好。詩文聯語當然多，只記得王湘綺的半聯云：「莫輕他北地胭脂，看艇子初來，江南兒女無顏色。」氣概很不錯。所謂勝棋樓，相傳是明太祖與徐達下棋，徐達勝

了，太祖便賜給他這一所屋子。太祖那樣人，居然也會做出這種雅事來了。左手臨湖的小閣卻敞亮得多，也敞亮得好。有曾國藩畫像，忘記是誰橫題著「江天小閣坐人豪」一句。我喜歡這個題句，「江天」與「坐人豪」，景象闊大，使得這屋子更加開朗起來。

　　秦淮河我已另有記。但那文裡所說的情形，現在已大變了。從前讀《桃花扇》、《板橋雜記》一類書，頗有滄桑之感；現在想到自己十多年前身歷的情形，怕也會有滄桑之感了。前年看見夫子廟前舊日的畫舫，那樣狼狽的樣子，又在老萬全酒棧看秦淮河水，差不多全黑了，加上巴掌大，透不出氣的所謂秦淮小公園，簡直有些厭惡，再別提做什麼夢了。貢院原也在秦淮河上，現在早拆得只剩一點兒了。民國五年父親帶我去看過，已經荒涼不堪，號舍裡草都長滿了。父親曾經辦過江南闈差，熟悉考場的情形，說來頭頭是道。他說考生入場時，都有送場的，人很多，門口鬧嚷嚷的。天不亮就點名，搜夾帶。大家都歸號。似乎直到晚上，頭場題才出來，寫在燈牌上，由號軍扛著在各號裡走。所謂「號」，就是一條狹長的胡同，兩旁排列著號舍，口兒上寫著什麼天字號，地字號等等的。每一號舍之大，恰好容一個人坐著；從前人說是像轎子，真不錯。幾天裡吃飯、睡覺、做文章，都

在這轎子裡；坐的伏的各有一塊硬板，如是而已。官號稍好一些，是給達官貴人的子弟預備的，但得補掛朝珠地入場，那時是夏秋之交，天還熱，也夠受的。父親又說，鄉試時場外有兵巡邏，防備通關節。場內也豎起黑幡，叫鬼魂們有冤報冤，有仇報仇；我聽到這裡，有點毛骨悚然。現在貢院已變成碎石路；在路上走的人，怕很少想起這些事情的了吧？

明故宮只是一片瓦礫場，在斜陽裡看，只感到李太白《憶秦娥》的「西風殘照，漢家陵闕」二語的妙。午門還殘存著，遙遙直對洪武門的城樓，有萬千氣象。古物保存所便在這裡，可惜規模太小，陳列得也無甚次序。明孝陵道上的石人石馬，雖然殘缺零亂，還可見泱泱大風；享殿並不巍峨，只陵下的隧道，陰森襲人，夏天在裡面待著，涼風沁人肌骨。這陵大概是開國時草創的規模，所以簡樸得很；比起長陵，差得真太遠了。然而簡樸得好。

雨花臺的石子，人人皆知；但現在怕也撿不著什麼了。那地方毫無可看。記得劉後村的詩云：「昔年講師何處在，高臺猶以『雨花』名。有時實向泥尋得，一片山無草敢生。」我所感的至多也只如此。還有，前些年南京槍決囚人都在雨花臺下，所以洋車伕遇見別的車伕和他爭先時，常說：「忙什麼！趕雨花臺去！」這和從前北京車伕說「趕菜市口兒」一

樣。現在時移勢異，這種話漸漸聽不見了。

　　燕子磯在長江裡看，一片絕壁，危亭翼然，的確驚心動魄。但到了上邊，逼窄汙穢，毫無可以盤桓之處。燕山十二洞，去過三個。只三臺洞層層折折，由幽入明，別有匠心，可是也年久失修了。

　　南京的新名勝，不用說，首推中山陵。中山陵全用青白兩色，以象徵青天白日，與帝王陵寢用紅牆黃瓦的不同。假如紅牆黃瓦有富貴氣，那青琉璃瓦的享堂，青琉璃瓦的碑亭卻有名貴也。從陵門上享堂，白石臺階不知多少級，但爬得夠累的；然而你遠看，絕想不到會有這麼多的臺階兒。這是設計的妙處。德國波慈達姆無愁宮前的石階，也同此妙。享堂進去也不小；可是遠處看，簡直小得可以，和那白石的飛階不相稱，一點兒壓不住，彷彿高個兒戴著小尖帽。近處山角裡一座陣亡將士紀念塔，粗粗的，矮矮的，正當著一個青青的小山峰，讓兩邊兒的山緊緊抱著，靜極，穩極。—— 譚墓沒去過，聽說頗有點丘壑。中央運動場也在中山陵近處，全仿外洋的樣子。全國運動會時，也不知有多少照相與描寫登在報上；現在是時髦的游泳的地方。

　　若要看舊書，可以上江蘇省立圖書館去。這在漢西門龍蟠裡，也是一個角落裡。這原是江南圖書館，以丁丙的善本

書室藏書為底子；詞曲的書特別多。此外中央大學圖書館近年來也頗有不少書。中央大學是個散步的好地方，寬大，乾淨，有樹木；黃昏時去兜一個或大或小的圈兒，最有意思。後面有個梅庵，是那會寫字的清道人的遺跡。這裡只是隨意地用樹枝搭成的小小的屋子。庵前有一株六朝松，但據說實在是六朝檜；檜蔭遮住了小院子，真是不染一塵。

　　南京茶館裡乾絲很為人所稱道。但這些人必沒有到過鎮江、揚州，那兒的乾絲比南京細得多，又從來不那麼甜。我倒是覺得芝麻燒餅好，一種長圓的，剛出爐，既香，且酥，又白，大概各茶館都有。鹹板鴨才是南京的名產，要熱吃，也是香得好；肉要肥要厚，才有咬嚼。但南京人都說鹽水鴨更好，大約取其嫩，其鮮；那是冷吃的，我可不知怎樣，老覺得不大得勁兒。

1934 年 8 月 12 日

（原載 1934 年 10 月 1 日《中學生》第 48 號）

# 南行雜記

前些日子回南方去，曾在「天津丸」中寫了一篇通信，登在本《草》上。後來北歸時，又在「天津丸」上寫了一篇，在天津東站親手投入郵筒。但直到現在，一個月了，還不見寄到，怕是永不會寄到的了。我一點不敢怪郵局，在這個年頭兒；我只怪自己太懶，反正要回到北平來，為什麼不會親手帶給編輯人，卻白費四分票，「送掉」一封雖不關緊要倒底是親手一個字一個字寫出的信呢？我現在算是對那封信絕了望，於是乎怪到那「通信」兩個字，而來寫這個「雜記」。那封信彷彿說了一些「天津丸」中的事，這裡是該說青島了。

我來去兩次經過青島。船停的時間雖不算少卻也不算多，所以只看到青島的一角；而我們上岸又都在白天，不曾看到青島的夜 —— 聽說青島夏夜的跳舞很可看，有些人是特地從上海趕來跳舞的。

青島之所以好，在海和海上的山。青島的好在夏天，在夏天的海濱生活；凡是在那一條大手臂似的海濱上的，多少都有點意思。而在那手腕上，有一間「青島咖啡」。這是一間長方的平屋，半點不稀奇，但和海水隔不幾步，讓你坐著有

一種喜悅。這間屋好在並不像「屋」，說是大露臺，也許還貼切些。三面都是半截板欄，便覺得是海闊天空的氣象。一溜兒滿掛著竹簾。這些簾子捲著固然顯得不寂寞，可是放著更好，特別在白天，我想。隔著竹簾的海和山，有些朦朧的味兒；在夏天的太陽裡，只有這樣看，涼味最足。自然，黃昏和月下應該別有境界，可惜我們沒福受用了。在這裡坐著談話，時時聽見海波打在沙灘上的聲音，我們有時便靜聽著，抽著菸捲，瞪著那裊裊的煙兒。謝謝 C 君，他的眼力不壞，第一次是他介紹給我這個好地方。C 君又說那裡的侍者很好，不像北平那一套客氣，也不像上海那一套不客氣。但 C 君大概是熟主顧又是山東人吧，我們第二次去時，他說的那一套好處便滿沒表現了。

我自小就聽人念「江無底，海無邊」這兩句諺語，後來又讀了些詩文中海的描寫；我很羨慕海，想著見了海定要吃一驚，暗暗叫聲「哎喲」的。哪知並不！在南方北方乘過上十次的海輪，毫無發現海的偉大，只覺得單調無聊，即使在有浪的時候。但有一晚滿滿的月光照在船的一面的海上，海水黑白分明，我們在狹狹一片白光裡，看著船旁浪花熱鬧著，那是不能忘記的。而那晚之好實在月！這兩回到青島，似乎有些喜歡海起來了。可是也喜歡抱著的山，抱著的那只大手

臂，也喜歡＂青島咖啡＂，海究竟有限的。海自己給我的好處，只有海水浴，那在我是第一次的。

去時過青島，船才停五點鐘。我問Ｃ君：「會泉（海浴處）怎樣？」他說：「看『光腚子』？穿了大褂去沒有意思！」從「青島咖啡」出來時，他掏出錶來看，說：「光腚子給你保留著回來看罷。」但我真想洗個海水澡。一直到回來時才洗了。我和Ｓ君一齊下去，Ｗ君有點怕這個玩意，在飯店裡坐著喝汽水。Ｓ君會游泳走得遠些，我只有淺處練幾下。海水最宜於初學游泳的，容易浮起多了。更有一椿大大的妙處，便是浪。浪是力量，我站著跟蹌了好幾回；有一回正浮起，它給我個不知道沖過來了，我竟吃了驚，茫然失措了片刻，才站起來。這固然可笑，但是事後真得勁兒！好些外國小孩子在浪來時，被滾滾的白花埋下去，一會兒又笑著昂起頭向前快快游著；他們倒像和浪是好朋友似的。我們在水裡待了約莫半點鐘，我和Ｓ君說：「上去吧，Ｗ怕要睡著了。」我們在沙灘上躺著。Ｃ君曾告訴我，浴後仰臥在沙灘上，看著青天白雲，會什麼都不願想。沙軟而細，躺著確是不錯；可恨我們去的時候不好，太陽正在頭上，不能看青天白雲，只試了一試就算了。

除了海，青島的好處是曲折的長林。德國人真「有根」，

長林是長林，專為遊覽，不許造房子。我和 C 君乘著汽車左彎右轉地繞了三四十分鐘，車伕說還只在「第一公園」裡。C君說：「長著哪！」但是我們終於匆匆出來了。這些林子延綿得好，幽曲得很，低得好，密得好；更好是馬路隨山高下，俯仰不時，與我們常走的「平如砥，直如矢」的迥乎不同。青島的馬路大都如此；這與「向『右』邊走」的馬路規則，是我初到青島時第一個新鮮的印象。C 君說福山路的住屋，建築安排得最美，但我兩次都未得走過。至於嶗山，勝景更多，也未得去；只由他指給我看嶗山的尖形的峰。現在想來，頗有「山在虛無縹緲間」之感了。

9 月 13 日夜

（原載 1930 年 9 月 22 日《駱駝草》第 20 期）

# 松堂遊記

‧‧‧‧‧‧‧‧‧‧‧‧‧‧‧‧‧‧‧‧‧‧‧‧‧‧‧‧‧‧‧‧‧‧‧‧‧‧‧‧‧‧

　　去年夏天，我們和 S 君夫婦在松堂住了三日。難得這三日的閒，我們約好了什麼事不管，只玩兒，也帶了兩本書，卻只是預備閒得真沒辦法時消消遣的。

　　出發的前夜，忽然雷雨大作。枕上頗為悵悵，難道天公這麼不作美嗎！第二天清早，一看卻是個大晴天。上了車，一路樹木帶著宿雨，綠得發亮，地下只有一些水塘，沒有一點塵土，行人也不多。又靜，又乾淨。

　　想著到還早呢，過了紅山頭不遠，車卻停下了。兩扇大紅門緊閉著，門額是國立清華大學西山牧場。拍了一會門，沒人出來，我們正在沒奈何，一個過路的孩子說這門上了鎖，得走旁門。旁門上掛著牌子，「內有惡犬」。小時候最怕狗，有點趑趄。門裡有人出來，保護著進去，一面吆喝著汪汪的群犬，一面只是說，「不礙不礙」。

　　過了兩道小門，真是豁然開朗，別有天地。一眼先是亭亭直上，又剛健又婀娜的白皮松。白皮松不算奇，多得好；你擠著我我擠著你也不算奇，疏得好；要像住宅的院子裡，四角上各來上一棵，疏不是？誰愛看？這兒就是院子大得

好，就是四方八面都來得好。中間便是松堂，原是一座石亭子改造的，這座亭子高大軒敞，對得起那四圍的松樹，大理石柱，大理石欄杆，都還好好的，白、滑、冷。由皮松沒有多少影子，堂中明窗淨几，坐下來清清楚楚覺得自己真太小，在這樣高的屋頂下。樹影子少，可不熱，廊下端詳那些松樹靈秀的姿態，潔白的皮膚，隱隱的一絲兒涼意便襲上心頭。

堂後一座假山，石頭並不好，堆疊得還不算傻瓜。裡頭藏著個小洞，有神龕、石桌、石凳之類。可是外邊看，不仔細看不出。得費點心去發現。假山上滿可以爬過去，不頂容易，也不頂難。後山有座無梁殿，紅牆，各色琉璃磚瓦，屋脊上三個瓶子，太陽裡古豔照人。殿在半山，巋然獨立，有俯視八極氣象。天壇的無梁殿太小，南京靈谷寺的太黯淡，又都在平地上。山上還殘留著些舊碉堡，是乾隆打金川時在西山練健銳雲梯營用的，在陰雨天或斜陽中看最有味。又有座白玉石牌坊，和碧雲寺塔院前那一座一般，不知怎樣，前年春天倒下了，看著怪不好過的。

可惜我們來的還不是時候，晚飯後在廊下黑暗裡等月亮，月亮老不上，我們什麼都談，又賭背詩詞，有時也沉默一會兒。黑暗也有黑暗的好處，松樹的長影子陰森森的有點

像鬼物拿土。但是這麼看的話，松堂的院子還差得遠，白皮松也太秀氣，我想起郭沫若君《夜步十里松原》那首詩，那才夠陰森森的味兒 —— 而且得獨自一個人。好了，月亮上來了，卻又讓雲遮去了一半，老遠的躲在樹縫裡，像個鄉下姑娘，羞答答的。從前人說：「千呼萬喚始出來，猶抱琵琶半遮面。」真有點兒！雲越來越厚，由他罷，懶得去管了。可是想，若是一個秋夜，刮點西風也好。雖不是真松樹，但那奔騰澎湃的「濤」聲也該得聽吧。

西風自然是不會來的。臨睡時，我們在堂中點上了兩三支洋蠟。怯怯的焰子讓大屋頂壓著，喘不出氣來。我們隔著燭光彼此相看，也像蒙著一層煙霧。外面是連天漫地一片黑，海似的。只有遠近幾聲犬吠，教我們知道還在人間世裡。

（原載 1935 年 5 月 15 日《清華週刊》第 43 卷第 1 期）

# 荷塘月色

這幾天心裡頗不寧靜。今晚在院子裡坐著乘涼，忽然想起日日走過的荷塘，在這滿月的光裡，總該另有一番樣子吧。月亮漸漸地升高了，牆外馬路上孩子們的歡笑，已經聽不見了；妻在屋裡拍著閏兒，迷迷糊糊地哼著眠歌。我悄悄地披了大衫，帶上門出去。

沿著荷塘，是一條曲折的小煤屑路。這是一條幽僻的路；白天也少人走，夜晚更加寂寞。荷塘四面，長著許多樹，蓊蓊鬱鬱的。路的一旁，是些楊柳，和一些不知道名字的樹。沒有月光的晚上，這路上陰森森的，有些怕人。今晚卻很好，雖然月光也還是淡淡的。

路上只我一個人，背著手踱著。這一片天地好像是我的；我也像超出了平常的自己，到了另一世界裡。我愛熱鬧，也愛冷靜；愛群居，也愛獨處。像今晚上，一個人在這蒼茫的月下，什麼都可以想，什麼都可以不想，便覺是個自由的人。白天裡一定要做的事，一定要說的話，現在都可不理。這是獨處的妙處，我且受用這無邊的荷香月色好了。

　　曲曲折折的荷塘上面，彌望的是田田的葉子。葉子出水很高，像亭亭的舞女的裙。層層的葉子中間，零星地點綴著些白花，有裊娜地開著的，有羞澀地打著朵兒的；正如一粒粒的明珠，又如碧天裡的星星，又如剛出浴的美人。微風過處，送來縷縷清香，彷彿遠處高樓上渺茫的歌聲似的。這時候葉子與花也有一絲的顫動，像閃電般，霎時傳過荷塘的那邊去了。葉子本是肩並肩密密地挨著，這便宛然有了一道凝碧的波痕。葉子底下是脈脈的流水，遮住了，不能見一些顏色；而葉子卻更見風致了。

　　月光如流水一般，靜靜地瀉在這一片葉子和花上。薄薄的青霧浮起在荷塘裡。葉子和花彷彿在牛乳中洗過一樣；又像籠著輕紗的夢。雖然是滿月，天上卻有一層淡淡的雲，所以不能朗照；但我以為這恰是到了好處——酣眠固不可少，小睡也別有風味的。月光是隔了樹照過來的，高處叢生的灌木，落下參差斑駁的黑影，峭楞楞如鬼一般；彎彎的楊柳稀疏的倩影，卻又像是畫在荷葉上。塘中的月色並不均勻；但光與影有著和諧的旋律，如梵婀玲上奏著的名曲。

　　荷塘的四面，遠遠近近，高高低低都是樹，而楊柳最多。這些樹將一片荷塘重重圍住；只在小路一旁，漏著幾段空隙，像是特為月光留下的。樹色一例是陰陰的，乍看像一

團煙霧；但楊柳的丰姿，便在煙霧裡也辨得出。樹梢上隱隱約約的是一帶遠山，只有些大意罷了。樹縫裡也漏著一兩點路燈光，沒精打采的，是渴睡人的眼。這時候最熱鬧的，要數樹上的蟬聲與水裡的蛙聲；但熱鬧是牠們的，我什麼也沒有。

忽然想起採蓮的事情來了。採蓮是江南的舊俗，似乎很早就有，而六朝時為盛；從詩歌裡可以約略知道。採蓮的是少年的女子，她們是蕩著小船，唱著豔歌去的。採蓮人不用說很多，還有看採蓮的人。那是一個熱鬧的季節，也是一個風流的季節。梁元帝《採蓮賦》裡說得好：

於是妖童媛女，蕩舟心許；鷁首徐回，兼傳羽杯；棹將移而藻掛，船欲動而萍開。爾其纖腰束素，遷延顧步；夏始春餘，葉嫩花初，恐沾裳而淺笑，畏傾船而斂裾。

可見當時嬉遊的光景了。這真是有趣的事，可惜我們現在早已無福消受了。

於是又記起《西洲曲》裡的句子：

採蓮南塘秋，蓮花過人頭；低頭弄蓮子，蓮子清如水。

今晚若有採蓮人，這兒的蓮花也算得「過人頭」了；只不見一些流水的影子，是不行的。這令我到底惦著江南

了。──這樣想著，猛一抬頭，不覺已是自己的門前；輕輕地推門進去，什麼聲息也沒有，妻已睡熟好久了。

1927 年 7 月，北京清華園

（原載 1927 年 7 月 10 日《小說月報》第 18 卷第 7 期）

# 潭柘寺　戒壇寺

........................................................

　　早就知道潭柘寺和戒壇寺。在商務印書館的《北平指南》上，見過潭柘的銅圖，小小的一塊，模模糊糊的，看了一點沒有想去的意思。後來不斷地聽人說起這兩座廟；有時候說路上不平靜，有時候說路上紅葉好。說紅葉好的勸我秋天去；但也有人勸我夏天去。有一回騎驢上八大處，趕驢的問逛過潭柘沒有，我說沒有。他說潭柘風景好，那兒滿是老道，他去過，離八大處七八十里地，坐轎騎驢都成。我不大喜歡老道的裝束，尤其是那滿蓄著的長頭髮，看上去囉哩囉唆，齷裡齷齪的。更不想騎驢走七八十里地，因為我知道驢子與我都受不了。真打動我的倒是「潭柘寺」這個名字。不懂不是？就是不懂的妙。躲懶的人唸成「潭拓寺」，那更莫名其妙了。這怕是中國文法的花樣；要是來個歐化，說是「潭和柘的寺」，那就用不著咬嚼或吟味了。還有在一部詩話裡看見近人詠戒臺松的七古，詩騰挪夭矯，想來松也如此。所以去。但是在夏秋之前的春天，而且是早春；北平的早春是沒有花的。

　　這才認真打聽去過的人。有的說住潭柘好，有的說住戒壇好。有的人說路太難走，走到了筋疲力盡，再沒興致玩兒；

有人說走路有意思。又有人說，去時坐了轎子，半路上前後兩個轎伕吵起來，把轎子擱下，直說不抬了。於是心中暗自決定，不坐轎，也不走路；取中道，騎驢子。又按普通說法，總是潭柘寺在前，戒壇寺在後，想著戒壇寺一定遠些；於是決定住潭柘，因為一天回不來，必得住。門頭溝下車時，想著人多，怕雇不著許多驢，但是並不然——雇驢的時候，才知道戒壇去便宜一半，那就是說近一半。這時候自己忽然逞起能來，要走路。走吧。

　　這一段路可夠瞧的。像是河床，怎麼也挑不出沒有石子的地方，腳底下老是絆來絆去的，教人心煩。又沒有樹木，甚至於沒有一根草。這一帶原是煤窯，拉煤的大車往來不絕，塵土裡飽和著煤屑，變成黯淡的深灰色，教人看了透不出氣來。走一點鐘光景，自己覺得已經有點辦不了，怕沒有走到便筋疲力盡；幸而山上下來一頭驢，如獲至寶似地雇下，騎上去。這一天東風特別大。平常騎驢就不穩，風一大真是禍不單行。山上東西都有路，很窄，下面是斜坡；本來從西邊走，驢夫看風勢太猛，將驢拉上東路。就這麼著，有一回還幾乎讓風將驢吹倒；若走西邊，沒有準兒會驢我同歸哪。想起從前人畫風雪騎驢圖，極是雅事；大概那不是上潭柘寺去的。驢背上照例該有些詩意，但是我，下有驢子，上有帽子眼鏡，都要照管；又有迎風下淚的毛病，常要掏手巾擦乾。

當其時真恨不得生出第三隻手來才好。

東邊山峰漸起，風是過不來了；可是驢也騎不得了，說是坎兒多。坎兒可真多。這時候精神倒好起來了：崎嶇的路正可以練腰腳，處處要眼到心到腳到，不像平地上。人多更有點競賽的心理，總想走上最前頭去，再則這兒的山勢雖然說不上險，可是突兀、醜怪、巉刻的地方有的是。我們說這才有點兒山的意思；老像八大處那樣，真教人氣悶悶的。於是一直走到潭柘寺後門；這段坎兒路比風裡走過的長一半，小驢毫無用處，驢夫說：「咳，這不過給您做個伴兒！」牆外先看見竹子，且不想進去。又密，又粗，雖然不夠綠。北平看竹子，真不易。又想到八大處了，大悲庵殿前那一溜兒，薄得可憐，細得也可憐，比起這兒，真是小巫見大巫了。進去過一道角門，門旁突然亭亭地矗立著兩竿粗竹子，在牆上緊緊地挨著；要用批文章的成語，這兩竿竹子足稱得起「天外飛來之筆」。

正殿屋角上兩座琉璃瓦的鴟吻，在臺階下看，值得徘徊一下。神話說殿基本是青龍潭，一夕風雨，頓成平地，湧出兩鴟吻。只可惜現在的兩座太新鮮，與神話的朦朧幽祕的境界不相稱。但是還值得看，為的是大得好，在太陽裡嫩黃得好，閃亮得好；那拴著的四條黃銅鏈子也映襯得好。寺裡殿很多，層層折折高上去，走起來已經不平凡，每殿大小又

不一樣，塑像擺設也各出心裁。看完了，還覺得無窮無盡似的。正殿下延清閣是待客的地方，遠處群山像屏障似的。屋子結構甚巧，穿來穿去，不知有多少間，好像一所大宅子。可惜塵封不掃，我們住不著。話說回來，這種屋子原也不是預備給我們這麼多人擠著住的。寺門前一道深溝，上有石橋；那時沒有水，若是現在去，倚在橋上聽潺潺的水聲，倒也可以忘我忘世。過橋四株馬尾松，枝枝覆蓋，葉葉交通，另成一個境界。西邊小山上有個古觀音洞。洞無可看，但上去時在山坡上看潭柘的側面，宛如仇十洲的《仙山樓閣圖》；往下看是陡峭的溝岸，越顯得深深無極，潭柘簡直有海上蓬萊的意味了。寺以泉水著名，到處有石槽引水長流，倒也涓涓可愛。只是流觴亭雅得那樣俗，在石地上楞刻著蚯蚓般的槽；那樣流觴，怕只有孩子們願意幹。現在蘭亭的「流觴曲水」也和這兒的一鼻孔出氣，不過規模大些。

　　晚上因為帶的鋪蓋薄，凍得睜著眼，卻聽了一夜的泉聲；心裡想要不凍著，這泉聲夠多清雅啊！寺裡並無一個老道，但那幾個和尚，滿身銅臭，滿眼勢利，教人老不能忘記，倒也麻煩的。第二天清早，二十多人滿雇了牲口，向戒壇而去，頗有浩浩蕩蕩之勢。我的是一匹騾子，據說穩得多。這是第一回，高高興興騎上去。這一路要翻羅喉嶺。只是土山，可是道兒窄，又曲折，雖不高，老那麼凸凸凹凹的。許

多處只容得一匹牲口過去。平心說，是險點兒。想起古來用兵，從間道襲敵人，許也是這種光景吧。

戒壇在半山上，山門是向東的。一進去就覺得平曠；南面只有一道低低的磚欄，下邊是一片平原，平原盡處才是山，與眾山封鎖的潭柘氣象便不同。進二門，更覺得空闊疏朗，仰看正殿前的平臺，彷彿汪洋千頃。這平臺東西很長，是戒壇最勝處，眼界最寬，教人想起「振衣千仞岡」的詩句。三株名松都在這裡。「臥龍松」與「抱塔松」同是偃仆的姿勢，身軀奇偉，鱗甲蒼然，有飛動之意。「九龍松」老幹槎枒，如張牙舞爪一般。若在月光底下，森森然的松影當更有可看。此地最宜低徊流連，不是匆匆一覽所可領略。潭柘以層折勝，戒壇以開朗勝；但潭柘似乎更幽靜些。戒壇的和尚，春風滿面，卻遠勝於潭柘的；我們之中頗有悔不該在潭柘的。戒壇後山上也有個觀音洞。洞寬大而深，大家點了火把嚷嚷鬧鬧地下去；半裡光景的洞滿是油煙，滿是聲音。洞裡有石虎、石龜、上天梯、海眼等等，無非是湊湊人的熱鬧而已。

還是騎騾子。回到長辛店的時候，兩條腿幾乎不是我的了。

1934 年 8 月 3 日作

（原載 1934 年 8 月 6 日《清華暑期週刊》第 9 卷第 3、4 合刊）

# 三、論雅俗共賞

# 論雅俗共賞

陶淵明有「奇文共欣賞，疑義相與析」的詩句，那是一些「素心人」的樂事，「素心人」當然是雅人，也就是士大夫。這兩句詩後來凝結成「賞奇析疑」一個成語，「賞奇析疑」是一種雅事，俗人的小市民和農家子弟是沒有份兒的。然而又出現了「雅俗共賞」這一個成語，「共賞」顯然是「共欣賞」的簡化，可是這是雅人和俗人或俗人跟雅人一同在欣賞，那欣賞的大概不會還是「奇文」罷。這句成語不知道起於什麼時代，從語氣看來，似乎雅人多少得理會到甚至遷就著俗人的樣子，這大概是在宋朝或者更後罷。

原來唐朝的安史之亂可以說是我們社會變遷的一條分水嶺。在這之後，門第迅速的垮了臺，社會的等級不像先前那樣固定了，「士」和「民」這兩個等級的分界不像先前的嚴格和清楚了，彼此的分子在流通著，上下著。而上去的比下來的多，士人流落民間的究竟少，老百姓加入士流的卻漸漸多起來。王侯將相早就沒有種了，讀書人到了這時候也沒有種了；只要家裡能夠勉強供給一些，自己有些天分，又肯用功，就是個「讀書種子」；去參加那些公開的考試，考中了就有官

做，至少也落個紳士。這種進展經過唐末跟五代的長期的變亂加了速度，到宋朝又加上印刷術的發達，學校多起來了，士人也多起來了，士人的地位加強，責任也加重了。這些士人多數是來自民間的新的分子，他們多少保留著民間的生活方式和生活態度。他們一面學習和享受那些雅的，一面卻還不能擺脫或蛻變那些俗的。人既然很多，大家是這樣，也就不覺其寒塵；不但不覺其寒塵，還要重新估定價值，至少也得調整那舊來的標準與尺度。「雅俗共賞」似乎就是新提出的尺度或標準，這裡並非打倒舊標準，只是要求那些雅士理會到或遷就些俗士的趣味，好讓大家打成一片。當然，所謂「提出」和「要求」，都只是不自覺的看來是自然而然的趨勢。

中唐的時期，比安史之亂還早些，禪宗的和尚就開始用口語記錄大師的說教。用口語為的是求真與化俗，化俗就是爭取群眾。安史亂後，和尚的口語記錄更其流行，於是乎有了「語錄」這個名稱，「語錄」就成為一種著述體了。到了宋朝，道學家講學，更廣泛的留下了許多語錄；他們用語錄，也還是為了求真與化俗，還是為了爭取群眾。所謂求真的「真」，一面是如實和直接的意思。禪家認為第一義是不可說的。語言文字都不能表達那無限的可能，所以是虛妄的。然而實際上語言文字究竟是不免要用的一種「方便」，記錄文字

117

自然越近實際的、直接的說話越好。在另一面這「真」又是自然的意思，自然才親切，才讓人容易懂，也就是更能收到化俗的功效，更能獲得廣大的群眾。道學主要的是中國的正統的思想，道學家用了語錄做工具，大大的增強了這種新的文體的地位，語錄就成為一種傳統了。比語錄體稍稍晚些，還出現了一種宋朝叫做「筆記」的東西。這種作品記述有趣味的雜事，範圍很寬，一方面發表作者自己的意見，所謂議論，也就是批評，這些批評往往也很有趣味。作者寫這種書，只當作對客閒談，並非一本正經，雖然以文言為主，可是很接近說話。這也是給大家看的，看了可以當作「談助」，增加趣味。宋朝的筆記最發達，當時盛行，流傳下來的也很多。目錄家將這種筆記歸在「小說」項下，近代書店匯印這些筆記，更直題為「筆記小說」；中國古代所謂「小說」，原是指記述雜事的趣味作品而言的。

　　那裡我們得特別提到唐朝的「傳奇」。「傳奇」據說可以見出作者的「史才、詩筆、議論」，是唐朝士子在投考進士以前用來送給一些大人先生看，介紹自己，求他們給自己宣傳的。其中不外乎靈怪、豔情、劍俠三類故事，顯然是以供給「談助」，引起趣味為主。無論照傳統的意念，或現代的意念，這些「傳奇」無疑的是小說，一方面也和筆記的寫作態度

有相類之處。照陳寅恪先生的意見，這種「傳奇」大概起於民間，文士是仿作，文字裡多口語化的地方。陳先生並且說唐朝的古文運動就是從這兒開始。他指出古文運動的領導者韓愈的《毛穎傳》，正是仿「傳奇」而作。我們看韓愈的「氣盛言宜」的理論和他的參差錯落的文句，也正是多多少少在口語化。他門下的「好難」、「好易」兩派，似乎原來也都是在試驗如何口語化。可是「好難」一派過分強調了自己，過分想出奇制勝，不管一般人能夠了解欣賞與否，終於被人看作「詭」和「怪」而失敗，於是宋朝的歐陽修繼承了「好易」一派的努力而奠定了古文的基礎。—— 以上說的種種，都是安史亂後幾百年間自然的趨勢，就是那雅俗共賞的趨勢。

宋朝不但古文走上了「雅俗共賞」的路，詩也走向這條路。胡適之先生說宋詩的好處就在「做詩如說話」，一語破的指出了這條路。自然，這條路上還有許多曲折，但是就像不好懂的黃山谷，他也提出了「以俗為雅」的主張，並且點化了許多俗語成為詩句。實踐上「以俗為雅」，並不從他開始，梅聖俞、蘇東坡都是好手，而蘇東坡更勝。據記載梅和蘇都說過「以俗為雅」這句話，可是不大靠得住；黃山谷卻在《再次楊明叔韻》一詩的「引」裡鄭重的提出「以俗為雅，以故為新」，說是「舉一綱而張萬目」。他將「以俗為雅」放在第一，因為這實

在可以說是宋詩的一般作風，也正是「雅俗共賞」的路。但是加上「以故為新」，路就曲折起來，那是雅人自賞，黃山谷所以終於不好懂了。不過黃山谷雖然不好懂，宋詩卻終於回到了「做詩如說話」的路，這「如說話」，的確是條大路。

雅化的詩還不得不回向俗化，剛剛來自民間的詞，在當時不用說自然是「雅俗共賞」的。別瞧黃山谷的有些詩不好懂，他的一些小詞可夠俗的。柳耆卿更是個通俗的詞人。詞後來雖然漸漸雅化或文人化，可是始終不能雅到詩的地位，它怎麼著也只是「詩餘」。詞變為曲，不是在文人手裡變，是在民間變的；曲又變得比詞俗，雖然也經過雅化或文人化，可是還雅不到詞的地位，它只是「詞餘」。一方面從晚唐和尚的俗講演變出來的宋朝的「說話」就是說書，乃至後來的平話以及章回小說，還有宋朝的雜劇和諸宮調等等轉變成功的元朝的雜劇和戲文，乃至後來的傳奇，以及皮簧戲，更多半是些「不登大雅」的「俗文學」。這些除元雜劇和後來的傳奇也算是「詞餘」以外，在過去的文學傳統裡簡直沒有地位；也就是說這些小說和戲劇在過去的文學傳統裡多半沒有地位，有些有點地位，也不是正經地位。可是雖然俗，大體上卻「俗不傷雅」，雖然沒有什麼地位，卻總是「雅俗共賞」的玩藝兒。

　　「雅俗共賞」是以雅為主的，從宋人的「以俗為雅」以及常語的「俗不傷雅」，更可見出這種賓主之分。起初成群俗士蜂擁而上，固然逼得原來的雅士不得不理會到甚至遷就著他們的趣味，可是這些俗士需要擺脫的更多。他們在學習，在享受，也在蛻變，這樣漸漸適應那雅化的傳統，於是乎新舊打成一片，傳統多多少少變了質繼續下去。前面說過的文體和詩風的種種改變，就是新舊雙方調整的過程，結果遷就的漸漸不覺其為遷就，學習的也漸漸習慣成了自然，傳統的確稍稍變了質，但是還是文言或雅言為主，就算跟民眾近了一些，近得也不太多。

　　至於詞曲，算是新起於俗間，實在以音樂為重，文辭原是無關輕重的；「雅俗共賞」，正是那音樂的作用。後來雅士們也曾分別將那些文辭雅化，但是因為音樂性太重，使他們不能完成那種雅化，所以詞曲終於不能達到詩的地位。而曲一直配合著音樂，雅化更難，地位也就更低，還低於詞一等。可是詞曲到了雅化的時期，那「共賞」的人卻就雅多而俗少了。真正「雅俗共賞」的是唐、五代、北宋的詞，元朝的散曲和雜劇，還有平話和章回小說以及皮簧戲等。皮簧戲也是音樂為主，大家直到現在都還在哼著那些粗俗的戲詞，所以雅化難以下手，雖然一二十年來這雅化也已經試著在開始。

平話和章回小說，傳統裡本來沒有，雅化沒有合式的榜樣，進行就不易。《三國演義》雖然用了文言，卻是俗化的文言，接近口語的文言，後來的《水滸》、《西遊記》、《紅樓夢》等就都用白話了。不能完全雅化的作品在雅化的傳統裡不能有地位，至少不能有正經的地位。雅化程度的深線，決定這種地位的高低或有沒有，一方面也決定「雅俗共賞」範圍的小和大 —— 雅化越深，「共賞」的人越少，越淺也就越多。所謂多少，主要的是俗人，是小市民和受教育的農家子弟。在傳統裡沒有地位或只有低地位的作品，只算是玩藝兒；然而這些才接近民眾，接近民眾卻還能教「雅俗共賞」，雅和俗究竟有共通的地方，不是不相理會的兩橛了。

單就玩藝兒而論，「雅俗共賞」雖然是以雅化的標準為主，「共賞」者卻以俗人為主。固然，這在雅方得降低一些，在俗方也得提高一些，要「俗不傷雅」才成；雅方看來太俗，以至於「俗不可耐」的，是不能「共賞」的。但是在什麼條件之下才會讓俗人所「賞」的，雅人也能來「共賞」呢？我們想起了「有目共賞」這句話。孟子說過「不知子都之姣者，無目者也」，「有目」是反過來說，「共賞」還是陶詩「共欣賞」的意思。子都的美貌，有眼睛的都容易辨別，自然也就能「共賞」了。孟子接著說：

「口之於味也，有同耆焉；耳之於聲也，有同聽焉；目之於色也，有同美焉。」這說的是人之常情，也就是所謂人情不相遠。但是這不相遠似乎只限於一些具體的、常識的、現實的事物和趣味。譬如北平罷，故宮和頤和園，包括建築、風景和陳列的工藝品，似乎是「雅俗共賞」的，天橋在雅人的眼中似乎就有些太俗了。說到文章，俗人所能「賞」的也只是常識的、現實的。後漢的王充出身是俗人，他多多少少代表俗人說話，反對難懂而不切實用的辭賦，卻讚美公文能手。公文這東西關係雅俗的現實利益，始終是不曾完全雅化了的。再說後來的小說和戲劇，有的雅人說《西廂記》誨淫，《水滸傳》誨盜，這是「高論」。實際上這一部戲劇和這一部小說都是「雅俗共賞」的作品。《西廂記》無視了傳統的禮教，《水滸傳》無視了傳統的忠德，然而「男女」是「人之大慾」之一，「官逼民反」，也是人之常情，梁山泊的英雄正是被壓迫的人民所想望的。俗人固然同情這些，一部分的雅人，跟俗人相距還不太遠的，也未嘗不高興這兩部書說出了他們想說而不敢說的。這可以說是一種快感，一種趣味，可並不是低級趣味；這是有關係的，也未嘗不是有節制的。「誨淫」和「誨盜」只是代表統治者的利益的說話。

十九世紀二十世紀之交是個新時代，新時代給我們帶來

了新文化，產生了我們的知識階級。這知識階級跟從前的讀書人不大一樣，包括了更多的從民間來的分子，他們漸漸跟統治者拆夥而走向民間。於是乎有了白話正宗的新文學，詞曲和小說戲劇都有了正經的地位。還有種種歐化的新藝術。這種文學和藝術卻並不能讓小市民來「共賞」，不用說農工大眾。於是乎有人指出這是新紳士也就是新雅人的歐化，不管一般人能夠了解欣賞與否。他們提倡「大眾語」運動。但是時機還沒有成熟，結果不顯著。抗戰以來又有「通俗化」運動，這個運動並已經在開始轉向大眾化。「通俗化」還分別雅俗，還是「雅俗共賞」的路，大眾化卻更進一步要達到那沒有雅俗之分，只有「共賞」的局面。這大概也會是所謂由量變到質變罷。

1947 年 10 月 26 日作

（原載 1947 年 11 月 18 日《觀察》第 3 卷第 11 期）

# 中年人與青年人

近來在大學一年級作文班上出了一個題目，叫「青年人與中年人」。從學生的卷子看，他們中間意識到這個問題的重要的，似乎並不多。他們只說，青年人是進取的，中年人是保守的，所以不免有衝突的地方；但青年人與中年人是社會的中堅，雙方必須合作，社會才能進步。在這抗戰的時候，青年人與中年人的合作，尤其重要；他們若常在衝突著，抗戰的力量是要減少的。這些卷子裡的結論大概是青年人該從中年人學習經驗，中年人該保存著青年時代的進取精神，這樣雙方就合作起來了。

這些話都不錯，不過膚泛些。關於這個問題，我見過兩篇好文字。一是丁在君先生給《大公報》寫的星期論文，題目可惜忘記了。一是王贛愚先生的《青年與政治》，登在《時衡》裡。他們的見解都是很透澈；但丁先生從中年人和青年人兩方面說，王先生卻只從青年人一方面說。我出那個題目，原希望知道青年人站在自己的立場上是怎樣看這個問題，所以題目裡將「青年人」放在先頭。但是所得的只是上節所述的普泛的意見，沒有可以特別注意之點，也許是他們沒

功夫細想的緣故。我自己對於這問題的看法，是偏重青年人一方面的。因《青年公論》編者索稿，也寫出來供關心這問題的人參考。現在有些中年人談起青年人，總是疾首蹙額，指出他們自私、撒謊、任性、恃眾要挾，種種缺點。青年人確有這些毛病，但是向來的青年人怕都免不了這些毛病，不獨現在為然。青年期是塑造自己的時期，有些不健全的地方，也是自然的事；矯正與誘導是應當的，因此疾首蹙額，甚至灰心失望，都似乎太悲觀一些。況且中年人也不見得就能全免去這些缺點；不過他們在社會上是掌權的人，是有地位的人，維持制度、遵守規則是他們的義務，也是他們的利益，所以任性妄為的比較少些。照這樣說，那一些中年人為什麼那樣特別不痛快青年人呢？難道他們的脾氣特別壞麼？不是，這是另有緣故的。

這緣故，據我看，就在那「恃眾要挾」一點上。從前青年人雖然也有種種毛病，雖然有時也反抗家長、反抗學校，但沒有強固的集團組織，不能發揮很大的力量。中年人若要去矯正和誘導他們，似乎還不太難。自從五四運動以來，青年人的集團組織漸漸發達，他們這種集團組織在社會上也有了相當的地位。經過五卅運動，這種集團組織更進步了，更強固了。這些時候，居於直接指導地位的中年人和青年人之間，似乎還相當融洽，看不出什麼衝突的現象。因為這一班

中年人在政治上無寧是同情於青年人的。九一八以來，情形卻不同了。政府的政策能見諒於這一班居於直接指導地位的中年人，卻又不能見諒於他們所指導的青年人。青年人開始不信任政府，不信任學校，不信任他們的直接指導人。中年人和青年人間開始有了衝突，這衝突逐漸尖銳化，到一二九時期，達到了最高峰。主要的原因是雙方政見的歧異。

中年人和青年人的對立便是從這些日子起的。在這種局面之下，青年人一面利用他們強固的集團組織從事救亡運動，一面也利用這種組織的力量，向學校作請求免除考試等無理的要求。青年人集團組織的發展，原是個好現象。但濫用集團的力量，恃眾要挾，卻是該矯正的。困難便在這裡。青年集團的領袖人物，為強固他們的集團起見，一面努力救亡工作，一面也得謀他們集團的利益；這樣才能使大多數青年都擁護起集團來。集團的性質似乎本來如此，不獨青年集團為然，這需要矯正和誘導；但若因為矯正和誘導的麻煩而認為集團力量不該發展，那卻是錯的。

這種矯正和誘導確是很困難的，那時青年人既不信任學校，卻不能或不願離開學校。在他們，至少他們的領袖的心目中，學校大約只是一個發展集團組織的地方，只是一個發展救亡運動的地方。他們對於學校的看法，若果如此，那就無怪乎他們要常常蔑視學校的紀律了。在學校裡發展集團組

織，作救亡運動，原都可以；但學校還有傳授知識、訓練技能、培養品性等等主要的使命，若只有集團組織和救亡運動兩種作用，學校便失去它們存在的理由，至少是變了質了。這是居於直接指導地位的中年人所不能同意的。他們去矯正和誘導都感覺不大容易；即使有效果，也是很小很慢的。因此有些人便不免憤慨起來了。

抗戰以來，青年人對於政府，至少對於最高的領袖，有了信任心，對於學校和指導他們的人，也比較信任些。中年人和青年人的對立，似乎不像從前那樣尖銳化了，可是政見的歧異顯然還存在著。這個得看將來的變化。政府固然也可以施行一種政治訓練，但效果不知如何。現在居於指導地位的中年人所能作的，似乎還只是努力學術研究，不屈不撓地執行學校紀律，盡力矯正和誘導青年人，給予他們良好的知識、技能和品性的訓練。將來的社會、將來的中國是青年人的；他們是現在的中年人的繼承者。他們或好或不好，現在的中年人總不能免除責任。所以無論如何困難，總要本著孔子「知其不可而為之」，「不知老之將至」的精神去做。哪怕只有一點一滴的成效呢，中年人總算是為國家社會盡了力了。

載 1939 年 4 月 1 日《青年公論》第 2 期

# 論書生的酸氣

　　讀書人又稱書生。這固然是個可以驕傲的名字，如說「一介書生」、「書生本色」，都含有清高的意味。但是正因為清高，和現實脫了節，所以書生也是嘲諷的對象。人們常說「書呆子」、「迂夫子」、「腐儒」、「學究」等，都是嘲諷書生的。「呆」是不明利害，「迂」是繞大彎兒，「腐」是頑固守舊，「學究」是指一孔之見。總之，都是知古不知今，知書不知人，食而不化的讀死書或死讀書，所以在現實生活裡老是吃虧、誤事、鬧笑話。總之，書生的被嘲笑是在他們對於書的過分執著上；過分的執著書，書就成了話柄了。

　　但是還有「寒酸」一個話語，也是形容書生的。「寒」是「寒素」，對「膏粱」而言。是魏晉南北朝分別門第的用語。「寒門」或「寒人」並不限於書生，武人也在裡頭；「寒士」才指書生。這「寒」指生活情形，指家世出身，並不關涉到書；單這個字也不含嘲諷的意味。加上「酸」字成為連語，就不同了，好像一副可憐相活現在眼前似的。「寒酸」似乎原作「酸寒」。韓愈《薦士》詩，「酸寒溧陽尉」，指的是孟郊。後來說「郊寒島瘦」，孟郊和賈島都是失意的人，作的也是失意詩。

「寒」和「瘦」映襯起來，夠可憐相的，但是韓愈說「酸寒」，似乎「酸」比「寒」重。可憐別人說「酸寒」，可憐自己也說「酸寒」，所以蘇軾有「故人留飲慰酸寒」的詩句。陸游有「書生老瘦轉酸寒」的詩句。「老瘦」固然可憐相，感激「故人留飲」也不免有點兒。范成大說「酸」是「書生氣味」，但是他要「洗盡書生氣味酸」，那大概是所謂「大丈夫不受人憐」罷？

為什麼「酸」是「書生氣味」呢？怎麼樣才是「酸」呢？話柄似乎還是在書上。我想這個「酸」原是指讀書的聲調說的。晉以來的清談很注重說話的聲調和讀書的聲調。說話注重音調和辭氣，以朗暢為好。讀書注重聲調，從《世說新語・文學》篇所記殷仲堪的話可見，他說：「三日不讀《道德經》，便覺舌本間強。」說到舌頭，可見注重發音，注重發音也就是注重聲調。《任誕》篇又記王孝伯說：「名士不必須奇才，但使常得無事，痛飲酒，熟讀《離騷》，便可稱名士。」這「熟讀《離騷》」該也是高聲朗誦，更可見當時風氣。《豪爽》篇記：「王司州（胡之）在謝公（安）坐，詠《離騷》、《九歌》『入不言兮出不辭，乘迴風兮載雲旗』，語人云：『當爾時，覺一坐無人。』」正是這種名士氣的好例。讀古人的書注重聲調，讀自己的詩自然更注重聲調。《文學》篇記著袁宏的故事：

　　袁虎（宏小名虎）少貧，嘗為人傭載運租。謝鎮西經船行，其夜清風朗月，聞江渚間估客船上有詠詩聲，甚有情致，所誦五言，又其所未嘗聞，嘆美不能已。即遣委曲訊問，乃是袁自詠其所作詠史詩。因此相要，大相賞得。

　　從此袁宏名譽大盛，可見朗誦關係之大。此外《世說新語》裡記著「吟嘯」、「嘯詠」、「諷詠」、「諷誦」的還很多，大概也都是在朗誦古人的或自己的作品罷。這裡最可注意的是所謂「洛下書生詠」或簡稱「洛生詠」。《晉書・謝安傳》說：「安本能為洛下書生詠。有鼻疾，故其音濁。名流愛其詠而弗能及，或手掩鼻以效之。」

　　《世說新語・輕詆》篇卻記著：「人問顧長康：『何以不作洛生詠？』答曰：『何至作老婢聲！』」劉孝標註：「洛下書生詠音重濁，故云『老婢聲』。」所謂「重濁」，似乎就是過分悲涼的意思。當時誦讀的聲調似乎以悲涼為主。王孝伯說「熟讀《離騷》，便可稱名士」，王胡之在謝安坐上詠的也是《離騷》、《九歌》，都是《楚辭》。當時誦讀《楚辭》，大概還知道用楚聲楚調，樂府曲調裡也正有楚調。而楚聲楚調向來是以悲涼為主的。當時的誦讀大概受到和尚的梵誦或梵唱的影響很大，梵誦或梵唱主要的是長吟，就是所謂「詠」。《楚辭》本多長句，楚聲楚調配合那長吟的梵調，相得益彰，更可以

「詠」出悲涼的「情致」來。袁宏的詠史詩現存兩首，第一首開始就是「周昌梗概臣」一句，「梗概」就是「慷慨」、「感慨」；「慷慨悲歌」也是一種「書生本色」。沈約《宋書‧謝靈運傳》論所舉的五言詩名句，鍾嶸《詩品‧序》裡所舉的五言詩名句和名篇，差不多都是些「慷慨悲歌」。《晉書》裡還有一個故事。晉朝曹攄的《感舊》詩有「富貴他人合，貧賤親戚離」兩句。後來殷浩被廢為老百姓，送他的心愛的外甥回朝，朗誦這兩句，引起了身世之感，不覺淚下。這是悲涼的朗誦的確例。但是自己若是並無真實的悲哀，只去學時髦，捏著鼻子學那悲哀的「老婢聲」的「洛生詠」，那就過了分，那也就是趙宋以來所謂「酸」了。

唐朝韓愈有《八月十五夜贈張功曹》詩，開頭是：

纖雲四卷天無河，
清風吹空月舒波。
沙平水息聲影絕，
一杯相屬君當歌。

接著說：

君歌聲酸辭且苦，
不能聽終淚如雨。

接著就是那「酸」而「苦」的歌辭：

洞庭連天九疑高，
蛟龍出沒猩鼯號。
十生九死到官所，
幽居默默如藏逃。
下床畏蛇食畏藥，
海氣溼蟄熏腥臊。
昨者州前槌大鼓，
嗣皇繼聖登夔皋。
赦書一日行萬里，
罪從大辟皆除死。
遷者追回流者還，
滌瑕蕩垢朝清班。
州家申名使家抑，
坎坷只得移荊蠻。
判司卑官不堪說，
未名捶楚塵埃間。
同時輩流多上道，
天路幽險難追攀！

張功曹是張署，和韓愈同被貶到邊遠的南方，順宗即
位。只奉命調到近一些的江陵做個小官兒，還不得回到長安

去，因此有了這一番冤苦的話。這是張署的話，也是韓愈的話。但是詩裡卻接著說：

> 君歌且休聽我歌，
>
> 我歌今與君殊科。

韓愈自己的歌只有三句：

> 一年明月今宵多，
>
> 人生由命非由他，
>
> 有酒不飲奈明何！

他說認命算了，還是喝酒賞月罷。這種達觀其實只是苦情的偽裝而已。前一段「歌」雖然辭苦聲酸，倒是貨真價實，並無過分之處，由那「聲酸」知道吟詩的確有一種悲涼的聲調，而所謂「歌」其實只是諷詠。大概漢朝以來不像春秋時代一樣，士大夫已經不會唱歌，他們大多數是書生出身，就用諷詠或吟誦來代替唱歌。他們 —— 尤其是失意的書生 —— 的苦情就發泄在這種吟誦或朗誦裡。

戰國以來，唱歌似乎就以悲哀為主，這反映著動亂的時代。《列子‧湯問》篇記秦青「撫節悲歌，聲振林木，響遏行雲」，又引秦青的話，說韓娥在齊國雍門地方「曼聲哀哭，一里老幼悲愁垂涕相對，三日不食」，後來又曼聲長歌，一里老幼也能唱快樂的歌，但是和秦青自己獨擅悲歌的故事合看，

就知道還是悲歌為主。再加上齊國杞梁的妻子哭倒了城的故事，就是現在還在流行的孟姜女哭倒長城的故事，悲歌更為動人，是顯然的。書生吟誦，聲酸辭苦，正和悲歌一脈相傳。但是聲酸必須辭苦，辭苦又必須情苦；若是並無苦情，只有苦辭，甚至連苦辭也沒有，只有那供人酸鼻的聲調，那就過了分，不但不能動人，反要遭人嘲弄了。書生往往自命不凡，得意的自然有，卻只是少數，失意的可太多了。所以總是嘆老嗟卑，長歌當哭，哭喪著臉一副可憐相。朱子在《楚辭辨證》裡說漢人那些模仿的作品「詩意平緩，意不深切，如無所疾痛而強為呻吟者」。「無所疾痛而強為呻吟」就是所謂「無病呻吟」。後來的嘆老嗟卑也正是無病呻吟。有病呻吟是緊張的，可以得人同情，甚至叫人酸鼻；無病呻吟，病是裝的、假的，呻吟也是裝的、假的，假裝可以酸鼻的呻吟，酸而不苦像是丑角扮戲，自然只能逗人笑了。

蘇東坡有《贈詩僧道通》的詩：

雄豪而妙苦而腴，
只有琴聰與蜜殊。
語帶煙霞從古少，
氣含蔬筍到公無。……

查慎行注引葉夢得《石林詩話》說：

近世僧學詩者極多，皆無超然自得之趣，往往掇拾摹仿士大夫所殘棄，又自作一種體，格律尤俗，謂之「酸餡氣」。子瞻……嘗語人云：「頗解『蔬筍』語否？為無『酸餡氣』也。」聞者無不失笑。

東坡說道通的詩沒有「蔬筍」氣，也就沒有「酸餡氣」，和尚修苦行，吃素，沒有油水，可能比書生更「寒」更「瘦」；一味反映這種生活的詩，好像酸了的菜饅頭的餡兒，干酸，吃不得，聞也聞不得，東坡好像是說，苦不妨苦，只要「苦而腴」，有點兒油水，就不至於那麼撲鼻酸了。這酸氣的「酸」還是從「聲酸」來的。而所謂「書生氣味酸」該就是指的這種「酸餡氣」。和尚雖苦，出家人原可「超然自得」，卻要學吟詩，就染上書生的酸氣了。書生失意的固然多，可是嘆老嗟卑的未必真的窮苦就無聊，無聊就作成他們的「無病呻吟」了。宋初西崑體的領袖楊億譏笑杜甫是「村夫子」，大概就是嫌他嘆老嗟卑的太多。但是杜甫「竊比稷與契」，嗟嘆的其實是天下之大，絕不止於自己的雞蟲得失。楊億是個得意的人，未免忘其所以，才說出這樣不公道的話。可是像陳師道的詩，嘆老嗟卑，吟來吟去，只關一己，的確叫人膩味。這就落了套子，落了套子就不免有些「無病呻吟」，也就是有些

「酸」了。

　　道學的興起表示書生的地位加高，責任加重，他們更其自命不凡了，自嗟自嘆也更多了。就是眼光如豆的真正的「村夫子」或「三家村學究」，也要哼哼唧唧的在人面前賣弄那背得的幾句死書，來嗟嘆一切，好搭起自己的讀書人的空架子。魯迅先生筆下的「孔乙己」，似乎是個更破落的讀書人，然而「他對人說話，總是滿口之乎者也，教人半懂不懂的。」人家說他偷書，他卻爭辯著，「竊書不能算偷……竊書！……讀書人的事，能算偷麼？」「接連便是難懂的話，什麼『君子固窮』，什麼『者乎』之類，引得眾人都哄笑起來」。孩子們看著他的茴香豆的碟子。

　　孔乙己著了慌，伸開五指將碟子罩住，彎下腰去說道：「不多了，我已經不多了。」直起身又看一看豆，自己搖頭說：「不多不多！『多乎哉？不多也』」於是這一群孩子都在笑聲裡走散了。

　　破落到這個地步，卻還只能「滿口之乎者也」，和現實的人民隔得老遠的，「酸」到這地步真是可笑又可憐了。「書生本色」雖然有時是可敬的，然而他的酸氣總是可笑又可憐的。最足以表現這種酸氣的典型，似乎是戲臺上的文小生，尤其是崑曲裡的文小生，那哼哼唧唧、扭扭捏捏、搖搖擺擺

的調調兒，真夠「酸」的！這種典型自然不免誇張些，可是許差不離兒罷。

向來說「寒酸」、「窮酸」，似乎酸氣老聚在失意的書生身上。得意之後，見多識廣，加上「一行作吏，此事便廢」，那時就會不再執著在書上，至少不至於過分的執著在書上，那「酸氣味」是可以多多少少「洗」掉的。而失意的書生也並非都有酸氣。他們可以看得開些，所謂達觀，但是達觀也不易，往往只是偽裝。他們可以看遠大些，「梗概而多氣」是雄風豪氣，不是酸氣。至於近代的知識分子，讓時代逼得不能讀死書或死讀書，因此也就不再執著那些古書。文言漸漸改了白話，吟誦用不上了；代替吟誦的是又分又合的朗誦和唱歌。最重要的是他們看清楚了自己，自己是在人民之中，不能再自命不凡了。他們雖然還有些閒，可是要「常得無事」卻也不易。他們漸漸丟了那空架子，腳踏實地向前走去。早些時還不免帶著感傷的氣氛，自愛自憐，一把眼淚一把鼻涕的；這也算是酸氣，雖然唸誦的不是古書而是洋書。可是這幾年時代逼得更緊了，大家只得抹乾了鼻涕眼淚走上前去。這才真是「洗盡書生氣味酸」了。

1947 年 11 月 15 日作

（原載 1947 年 11 月 29 日《世紀評論》第 2 卷第 22 期）

# 論自己

翻開辭典，「自」字下排列著數目可觀的成語，這些「自」字多指自己而言。這中間包括著一大堆哲學、一大堆道德、一大堆詩文和廢話，一大堆人、一大堆我、一大堆悲喜劇。自己「真乃天下第一英雄好漢」，有這麼些可說的，值得說值不得說的！難怪紐約電話公司研究電話裡最常用的字，在五百次通話中會發現三千九百九十次的「我」。這「我」字便是自己稱自己的聲音，自己給自己的名兒。

自愛自憐！真是天下第一英雄好漢也難免的，何況區區尋常人！冷眼看去，也許只覺得那枉自尊大狂妄得可笑；可是這只見了真理的一半兒。掉過臉兒來，自愛自憐確也有不得不自愛自憐的。幼小時候有父母愛憐你，特別是有母親愛憐你。到了長大成人，「娶了媳婦兒忘了娘」，娘這樣看時就不必再愛憐你，至少不必再像當年那樣愛憐你。—— 女的呢，「嫁出門的女兒，潑出門的水」；做母親的雖然未必這樣看，可是形格勢禁而且鞭長莫及，就是愛憐得著，也只算找補點罷了。愛人該愛憐你？然而愛人們的嘴一例是甜蜜的，誰能說「你泥中有我，我泥中有你！」真有那麼回事兒？趕

到愛人變了太太，再生了孩子，你算成了家，太太得管家管孩子，更不能一心兒愛憐你。你有時候會病，「久病床前無孝子」，太太怕也夠倦的，夠煩的。住醫院？好，假如有運氣住到像當年北平協和醫院樣的醫院裡去，倒是比家裡強得多。但是護士們看護你，是服務，是工作；也許夾上點兒愛憐在裡頭，那是「好生之德」，不是愛憐你，是愛憐「人類」。—— 你又不能老待在家裡，一離開家，怎麼著也算「作客」；那時候更沒有愛憐你的。可以有朋友招呼你；但朋友有朋友的事兒，那能教他將心常放在你身上？可以有屬員或僕役伺候你，那 —— 說得上是愛憐麼？總而言之，天下第一愛憐自己的，只有自己；自愛自憐的道理就在這兒。

再說，「大丈夫不受人憐。」窮有窮幹，苦有苦幹；世界那麼大，憑自己的身手，哪兒就打不開一條路？何必老是向人愁眉苦臉唉聲嘆氣的！愁眉苦臉不順耳，別人會來愛憐你？自己免不了傷心的事兒，咬緊牙關忍著，等些日子，等些年月，會平靜下去的。說說也無妨，只別不揀時候不看地方老是向人叨叨，叨叨得誰也不耐煩的岔開你或者躲開你。也別怨天怨地將一大堆感嘆的句子向人身上扔過去。你怨的是天地，倒礙不著別人，只怕別人奇怪你的火氣怎麼這樣大。—— 自己也免不了吃別人的虧。值不得計較的，不做聲

吞下肚去。出入大的想法子復仇，力量不夠，臥薪嘗膽的準備著。可別這兒那兒盡嚷嚷 —— 嚷嚷完了一扔開，倒便宜了那欺負你的人。「好漢手臂折了往袖子裡藏」，為的是不在人面前露怯相，要人愛憐這「苦人兒」似的，這是要強，不是裝。說也怪，不受人憐的人倒是能得人憐的人；要強的人總是最能自愛自憐的人。

大丈夫也罷，小丈夫也罷，自己其實是渺乎其小的，整個兒人類只是一個小圓球上一些碳水化合物，像現代一位哲學家說的，別提一個人的自己了。莊子所謂馬體一毛，其實還是放大了看的。英國有一家報紙登過一幅漫畫，畫著一個人，彷彿在一間鋪子裡，周遭陳列著從他身體裡分析出來的各種元素，每種標明分量和價目，總數是五先令 —— 那時合七元錢。現在物價漲了，怕要合國幣一千元了罷？然而，個人的自己也就值區區這一千元兒！自己這般渺小，不自愛自憐著點又怎麼著！然而，「頂天立地」的是自己，「天地與我並生，萬物與我為一」的也是自己；有你說這些大處只是好聽的話語，好看的文句？你能愣說這樣的自己沒有！有這麼的自己，豈不更值得自愛自憐的？再說自己的擴大，在一個尋常人的生活裡也可見出。且先從小處看。小孩子就愛蒐集各國的郵票，正是在擴大自己的世界。從前有人勸學世

界語，說是可以和各國人通信。你覺得這話幼稚可笑？可是這未嘗不是擴大自己的一個方向。再說這回抗戰，許多人都走過了若干地方，增長了若干閱歷。特別是青年人身上，你一眼就看出來，他們是和抗戰前不同了，他們的自己擴大了。——這樣看，自己的小，自己的大，自己的由小而大。在自己都是好的。

自己都覺得自己好，不錯；可是自己的確也都愛好。做官的都愛做好官，不過往往只知道愛做自己家裡人的好官，自己親戚朋友的好官；這種好官往往是自己國家的貪官汙吏。做盜賊的也都愛做好盜賊——好嘍囉，好夥伴，好頭兒，可都只在賊窩裡。有大好，有小好，有好得這樣壞。自己關閉在自己的丁點大的世界裡，往往越愛好越壞。所以非擴大自己不可。但是擴大自己得一圈兒一圈兒的，得充實，得踏實。別像肥皂泡兒，一大就裂。「大丈夫能屈能伸」，該屈的得屈點兒，別只顧伸出自己去。也得估計自己的力量。力量不夠的話，「人一能之，己百之；人十能之，己千之」；得寸是寸，得尺是尺。

總之路是有的。看得遠，想得開，把得穩；自己是世界的時代的一環，別脫了節才真算好。力量怎樣微弱，可是是自己的。相信自己，靠自己，隨時隨地盡自己的一份兒往最

好裡做去，讓自己活得有意思，一時一刻一分一秒都有意思。這麼著，自愛自憐才真是有道理的。

1942 年 9 月 1 日作

（原載 1942 年 11 月 15 日《人世間》第 1 卷第 2 期）

# 論別人

　　有自己才有別人，也有別人才有自己。人人都懂這個道理，可是許多人不能行這個道理。本來自己以外都是別人，可是有相干的，有不相干的。可以說是「我的」那些，如我的父母妻子，我的朋友等，是相干的別人，其餘的是不相干的別人。相干的別人和自己合成家族親友；不相干的別人和自己合成社會國家。自己也許願意只顧自己，但是自己和別人是相對的存在，離開別人就無所謂自己，所以他得顧到家族親友，而社會國家更要他顧到那些不相干的別人。所以「自了漢」不是好漢，「自顧自」不是好話，「自私自利」、「不顧別人死活」、「只知有己，不知有人」的，更都不是好人。所以孔子之道只是個忠恕：忠是己之所欲，以施於人；恕是「己所不欲，勿施於人」。這是一件事的兩面，所以說「一以貫之」。孔子之道，只是教人為別人著想。

　　可是儒家有「親親之殺」的話，為別人著想也有個層次。家族第一，親戚第二，朋友第三，不相干的別人挨邊兒。幾千年來顧家族是義務，顧別人多多少少只是義氣；義務是分內，義氣是分外。可是義務似乎太重了，別人壓住了自己。

這才來了五四時代。這是個自我解放的時代，個人從家族的壓迫下挣出來，開始獨立在社會上。於是乎自己第一，高於一切，對於別人，幾乎什麼義務也沒有了似的。可是又都要改造社會，改造國家，甚至於改造世界，說這些是自己的責任。雖然是責任，卻是無限的責任，盡盡不盡，盡盡多少盡多少；反正社會國家世界都可以只是些抽象名詞，不像一家老小在張著嘴等著你。所以自己顧自己，在實際上第一；兼顧社會國家世界，在名義上第一。這算是義務。顧到別人，無論相干的不相干的，都只是義氣，而且是客氣。這些解放了的，以及生得晚沒有趕上那種壓迫的人，既然自己高於一切，別人自當不在眼下，而居然顧到別人，自當算是客氣。其實在這些天之驕子各自的眼裡，別人都似乎為自己活著，都得來供養自己才是道理。「我愛我」成為風氣，處處為自己著想，說是「真」；為別人著想倒說是「假」，是「虛偽」。可是這兒「假」倒有些可愛，「真」倒有些可怕似的。

為別人著想其實也只是從自己推到別人，或將自己當作別人，和為自己著想並無根本的差異。不過推己及人，設身處地，確需要相當的勉強，不像「我愛我」那樣出於自然。所謂「假」和「真」大概是這種意思。這種「真」未必就好，這種「假」也未必就是不好。讀小說看戲，往往會為書中人戲中人

捏一把汗，掉眼淚，所謂替古人擔憂。這也是推己及人，設身處地；可是因為人和地只在書中戲中，並非實有，沒有利害可計較，失去相干的和不相干的那分別，所以「推」「設」起來，也覺自然而然。做小說的演戲的就不能如此，得觀察、揣摩，體貼別人的口氣、身分、心理，才能達到「逼真」的地步。特別是演戲，若不能忘記自己，那非糟不可。這個得勉強自己，訓練自己；訓練越好，越「逼真」，越美，越能感染讀者和觀眾。如果「真」是「自然」，小說的讀者、戲劇的觀眾那樣為別人著想，似乎不能說是「假」。小說的作者及戲劇的演員的觀察、揣摩、體貼，似乎「假」，可是他們能以達到「逼真」的地步，所求的還是「真」。在文藝裡為別人著想是「真」，在實生活裡卻說是「假」、「虛偽」，似乎是利害的計較使然；利害的計較是骨子，「真」、「假」、「虛偽」只是好看的門面罷了。計較利害過了分，真是像法朗士說的「關閉在自己的牢獄裡」；老那麼關閉著，非死不可。這些人幸而還能讀小說看戲，該仔細吟味，從那裡學習學習怎樣為別人著想。

五四以來，集團生活發展。這個那個集團和家族一樣是具體的，不像社會國家有時可以只是些抽象名詞。集團生活將原不相干的別人變成相干的別人，要求你也訓練你顧到別

人，至少是那廣大的相干的別人。集團的約束力似乎一直在
增強中，自己不得不為別人著想。那自己第一，自己高於
一切的信念似乎漸漸低下頭去了。可是來了抗戰的大時代。
抗戰的力量無疑的出於二十年來集團生活的發展。可是抗戰
以來，集團生活發展的太快了，這兒那兒不免有多少還不能
夠得著均衡的地方。個人就又出了頭，自己就又可以高於一
切；現在卻不說什麼「真」和「假」了，只憑著神聖的抗戰的
名字做那些自私自利的事，名義上是顧別人，實際上只顧自
己。自己高於一切，自己的集團或機關也就高於一切；自己
肥，自己機關肥，別人瘦，別人機關瘦，樂自己的，管不
著！──瘦瘁了，餓死了，活該！相信最後的勝利到來的時
候，別人總會壓下那些猖獗的卑汙的自己的。這些年自己實
在太猖獗了，總盼望壓下它的頭去。自然，一個勁兒顧別人
也不一定好。仗義忘身，急人之急，確是英雄好漢，但是難
得見。常見的不是敷衍妥協的鄉愿，就是卑屈甚至諂媚的可
憐蟲，這些人只是將自己丟進了垃圾堆裡！可是，有人說得
好，人生是個比例問題。目下自己正在張牙舞爪的，且頭痛
醫頭，腳痛醫腳，先來多想想別人罷！

1942 年 8 月 16 日作

（原載《文聚》）

# 論誠意

誠偽是品性,卻又是態度。從前論人的誠偽,大概就品性而言。誠實、誠篤、至誠,都是君子之德;不誠便是詐偽的小人。品性一半是生成,一半是教養;品性的表現出於自然,是整個兒的為人。說一個人是誠實的君子或詐偽的小人,是就他的行跡總算帳。君子大概總是君子,小人大概總是小人。雖然說氣質可以變化,蓋了棺才能論定人,那只是些特例。不過一個社會裡,這種定型的君子和小人並不太多,一般常人都浮沉在這兩界之間。所謂浮沉,是說這些人自己不能把握住自己,不免有詐偽的時候。這也是出於自然。還有一層,這些人對人對事有時候自覺的加減他們的誠意,去適應那局勢。這就是態度。態度不一定反映出品性來;一個誠實的朋友到了不得已的時候,也會撒個謊什麼的。態度出於必要,出於處世的或社交的必要,常人是免不了這種必要的。這是「世故人情」的一個項目。有時可以原諒,有時甚至可以容許。態度的變化多,在現代多變的社會裡也許更會使人感興趣些。我們嘴裡常說的,筆下常寫的「誠懇」、「誠意」和「虛偽」等詞,大概都是就態度說的。

　　但是一般人用這幾個詞似乎太嚴格了一些。照他們的看法，不誠懇無誠意的人就未免太多。而年輕人看社會上的人和事，除了他們自己以外差不多盡是虛偽的。這樣用「虛偽」那個詞，又似乎太寬泛了一些。這些跟老先生們開口閉口說「人心不古，世風日下」同樣犯了籠統的毛病。一般人似乎將品性和態度混為一談，年輕人也如此，卻又加上了「天真」、「純潔」種種幻想。誠實的品性確是不可多得，但人孰無過，不論那方面，完人或聖賢總是很少的。我們恐怕只能寬大些，卑之無甚高論，從態度上著眼。不然無謂的煩惱和糾紛就太多了。至於天真純潔，似乎只是兒童的本分 —— 老氣橫秋的兒童實在不順眼。可是一個人若總是那麼天真純潔下去，他自己也許還沒有什麼，給別人的麻煩卻就太多。有人讚美「童心」、「孩子氣」，那也只限於無關大體的小節目，取其可以調劑調劑平板的氛圍氣。若是重要關頭也如此，那時天真恐怕只是任性，純潔恐怕只是無知罷了。幸而不誠懇、無誠意、虛偽等等已經成了口頭禪，一般人只是跟著大家信口說著，至多皺皺眉，冷笑笑，表示無可奈何的樣子就過去了。自然也短不了認真的，那卻苦了自己，甚至於苦了別人。年輕人容易認真，容易不滿意，他們的不滿意往往是社會改革的動力。可是他們也得留心，若是在誠偽的分別上認

真得過了分，也許會成為虛無主義者。

人與人、事與事之間各有分際，言行最難得恰如其分。誠意是少不了的，但是分際不同，無妨斟酌加減點兒。種種禮數或過場就是從這裡來的。有人說禮是生活的藝術，禮的本意應該如此。日常生活裡所謂客氣，也是一種禮數或過場。有些人覺得客氣太拘形跡，不見真心，不是誠懇的態度。這些人主張率性自然。率性自然未嘗不可，但是得看人去。若是一見生人就如此這般，就有點野了。即使熟人，毫無節制的率性自然也不成。夫婦算是熟透了的，有時還得「相敬如賓」，別人可想而知。總之，在不同的局勢下，率性自然可以表示誠意，客氣也可以表示誠意，不過誠意的程度不一樣罷了。客氣要大方、合身分，不然就是誠意太多；誠意太多，誠意就太賤了。

看人、請客、送禮，也都是些過場。有人說這些只是虛偽的俗套，無聊的玩意兒。但是這些其實也是表示誠意的。總得心裡有這個人，才會去看他、請他、送他禮，這就有誠意了。至於看望的次數，時間的長短，請作主客或陪客，送禮的情形，只是誠意多少的分別，不是有無的分別。看人又有回看，請客有回請，送禮有回禮，也只是回答誠意。古語說得好，「來而不往非禮也」，無論古今，人情總是一樣的。

有一個人送年禮，轉來轉去，自己送出去的禮物，有一件竟又回到自己手裡。他覺得虛偽無聊，當作笑談。笑談確乎是的，但是誠意還是有的。又一個人路上遇見一個本不大熟的朋友向他說：「我要來看你。」這個人告訴別人說：「他用不著來看我，我也知道他不會來看我，你瞧這句話才沒意思哪！」那個朋友的誠意似乎是太多了。凌叔華女士寫過一個短篇小說，叫做《外國規矩》，說一位青年留學生陪著一位舊家小姐上公園，盡招呼她這樣那樣的。她以為讓他愛上了，哪裡知道他行的只是「外國規矩」！這喜劇由於那位舊家小姐不明白新禮數、新過場，多估量了那位留學生的誠意。可見誠意確是有分量的。

　　人為自己活著，也為別人活著。在不傷害自己身分的條件下顧全別人的情感，都得算是誠懇，有誠意。這樣寬大的看法也許可以使一些人活得更有興趣些。西方有句話：「人生是做戲。」做戲也無妨，只要有心往好裡做就成。客氣等等一定有人覺得是做戲，可是只要為了大家好，這種戲也值得做的。另一方面，誠懇、誠意也未必不是戲。現在人常說，「我很誠懇的告訴你」、「我是很有誠意的」，自己標榜自己的誠懇、誠意，大有賣瓜的說瓜甜的神氣，誠實的君子大概不會如此。不過一般人也已習慣自然，知道這只是為了增加誠

意的分量，強調自己的態度，跟買賣人的吆喝到底不是一回事兒。常人到底是常人，得跟著局勢斟酌加減他們的誠意，變化他們的態度；這就不免沾上了些戲味。西方還有句話，「誠實是最好的政策」，「誠實」也只是態度；這似乎也是一句戲詞兒。

（原載 1941 年 1 月 5 日《星期評論》第 8 期）

# 論做作

　　做作就是「佯」，就是「喬」，也就是「裝」。蘇北方言有「裝佯」的話，「喬裝」更是人人皆知。舊小說裡女扮男裝是喬裝，那需要許多做作。難在裝得像。只看坤角兒扮鬚生的，像的有幾個？何況做戲還只在戲臺上裝，一到後臺就可以照自己的樣兒，而女扮男裝卻得成天兒到處那麼看！偵探小說裡的偵探也常在喬裝，裝得像也不易，可是自在得多。不過——難也罷，易也罷，人反正有時候得裝。其實你細看，不但「有時候」，人簡直就愛點兒裝。「三分模樣七分裝」是說女人，男人也短不了裝，不過不大在模樣上罷了。裝得像難，裝得可愛更難；一番努力往往只落得個「矯揉造作！」所以「裝」常常不是一個好名兒。

　　「一個做好，一個做歹」，小呢逼你出些碼頭錢，大呢就得讓你去做那些不體面的尷尬事兒。這已成了老套子，隨處可以看見。那做好的是裝做好，那做歹的也裝得特別歹些；一鬆一緊的拉住你，會弄得你啼笑皆非。這一套兒做作夠受的。貧和富也可以裝。貧寒人怕人小看他，家裡儘管有一頓沒一頓的，還得穿起好衣服在街上走，說話也滿裝著闊氣，

什麼都不在乎似的。 —— 所謂「蘇空頭」。其實「空頭」也不止蘇州有。 —— 有錢人卻又怕人家打他的主意，開口閉口說窮，他能特地去當點兒什麼，拿當票給人家看。這都怪可憐見的。還有一些人，人面前老愛論詩文、談學問，彷彿天生他一副雅骨頭。裝斯文其實不能算壞，只是未免「雅得這樣俗」罷了。

有能耐的人、有權位的人有時不免「裝模作樣」，「裝腔作勢」。馬上可以答應的，卻得「考慮考慮」；直接可以答應的，卻讓你繞上幾個大彎兒。論地位也只是「上不在天，下不在田」，而見客就不起身，只點點頭兒，答話只喉嚨裡哼一兩聲兒。誰教你求他，他就是這麼著！ ——「笑罵由他笑罵，好官兒什麼的我自為之！」話說回來，拿身分，擺架子有時也並非全無道理。老爺太太在僕人面前打情罵俏，總不大像樣，可不是得裝著點兒？可是，得恰到分際，「過猶不及」。總之別忘了自己是誰！別盡揀高枝爬，一失腳會摔下來的。老想著些自己，誰都裝著點兒，也就不覺得誰在裝。所謂「裝模做樣」，「裝腔作勢」，卻是特別在裝別人的模樣，別人的腔和勢！為了抬舉自己，裝別人；裝不像別人，又不成其為自己，也怪可憐見的。

「不痴不聾，不作阿姑阿翁」，有些事大概還是裝聾作啞

的好。倒不是怕擔責任，更不是存著什麼壞心眼兒。有些事是阿姑阿翁該問的，值得問的，自然得問；有些是無需他們問的，或值不得他們問的，若不痴不聾，事必躬親，阿姑阿翁會做不成，至少也會不成其為阿姑阿翁。記得那兒說過美國一家大公司經理，面前八個電話，每天忙累不堪，另一家經理，室內沒有電話，倒是從容不迫的。這後一位經理該是能夠裝聾作啞的人。「不聞不問」，有時候該是一句好話；「充耳不聞」，「閉目無睹」，也許可以作「無為而治」的一個註腳。其實無為多半也是裝出來的。至於裝作不知，那更是現代政治家外交家的慣技，報紙上隨時看得見。—— 他們卻還得勾心鬥角的「做姿態」，大概不裝不成其為政治家外交家罷？裝歡笑、裝悲泣、裝嗔、裝恨、裝驚慌、裝鎮靜，都很難；固然難在像，有時還難在不像而不失自然。「小心賠笑」也許能得當局的青睞，但是旁觀者在噁心。可是「強顏為歡」，有心人卻領會那歡顏裡的一絲苦味。假意虛情的哭泣，像舊小說裡妓女向客人那樣，儘管一把眼淚一把鼻涕的，也只能引起讀者的微笑。—— 倒是那「忍淚伴低面」，教人老大不忍。伴嗔薄怒是女人的「作態」，作得恰好是愛嬌，所以《喬醋》是一折好戲。愛極翻成恨，儘管「恨得人牙癢癢的」，可是還不失為愛到極處。「假意驚慌」似乎是舊小說的常語，

事實上那「假意」往往露出馬腳。鎮靜更不易，秦舞陽心上有氣臉就鐵青，怎麼也裝不成，荊軻的事，一半兒敗在他的臉上。淝水之戰謝安裝得夠鎮靜的，可是不覺得意忘形摔折了屐齒。所以一個人喜怒不形於色，真夠一輩子半輩子裝的。

《喬醋》是戲，其實凡裝、凡做作，多少都帶點兒戲味 —— 有喜劇，有悲劇。孩子們愛說「假裝」這個，「假裝」那個，戲味兒最厚。他們認真「假裝」，可是悲喜一場，到頭兒無所為。成人也都認真的裝，戲味兒卻淡薄得多；戲是無所為的，至少扮戲中人的可以說是無所為，而人們的做作常常是有所為的。所以戲臺上裝得像的多，人世間裝得像的少。戲臺上裝得像就有叫好兒的，人世間即使裝得像，逗人愛也難。逗人愛的大概是比較的少有所為或只消極的有所為的。前面那些例子，值得我們吟味，而裝痴裝傻也許是值得重提的一個例子。

做阿姑阿翁得裝幾分痴，這裝是消極的有所為；「金殿裝瘋」也有所為，就是積極的。歷來才人名士和學者，往往帶幾分傻氣。那傻氣多少有點兒裝，而從一方面看，那裝似乎不大有所為，至多也只是消極的有所為。陶淵明的「我醉欲眠卿且去」說是率真，是自然；可是看魏晉人的行徑，能說他不帶著幾分裝？不過裝得像，裝得自然罷了。阮嗣宗大

醉六十日，逃脫了和司馬昭做親家，可不也一半兒醉一半兒裝？他正是「喜怒不形於色」的人，而有一向當時人多說他痴，他大概是頗能做作的罷？

　　裝睡裝醉都只是裝糊塗。睡了自然不說話，醉了也多半不說話——就是說話，也盡可以裝瘋裝傻的，給他個驢唇不對馬嘴。鄭板橋最能懂得裝糊塗，他那「難得糊塗」一個警句，真喝破了千古聰明人的祕密。還有善忘也往往是裝傻，裝糊塗；省麻煩最好自然是多忘記，而「忘懷」又正是一件雅事兒。到此為止，裝傻、裝糊塗似乎是能以逗人愛的；才人名士和學者之所以成為才人名士和學者，至少有幾分就仗著他們那不大在乎的裝勁兒能以逗人愛好。可是這些人也良莠不齊，魏晉名士頗有仗著裝糊塗自私自利的。這就「在乎」了，有所為了，這就不再可愛了。在四川話裡裝糊塗稱為「裝瘋迷竅」，北平話卻帶笑帶罵的說「裝蒜」、「裝孫子」，可見民眾是不大賞識這一套的——他們倒是下的穩著兒。

1942 年 10 月 31 日——11 月 2 日作

（原載 1943 年 1 月 15 日《文學創作》第 1 卷第 4 期）

# 文學的標準與尺度

　　我們說「標準」，有兩個意思。一是不自覺的，一是自覺的。不自覺的是我們接受的傳統的種種標準。我們應用這些標準衡量種種事物種種人，但是對這些標準本身並不懷疑，並不衡量，只照樣接受下來，作為生活的方便。自覺的是我們修正了傳統的種種標準，以及採用外來的種種標準。這種種自覺的標準，在開始出現的時候大概多少經過我們的衡量；而這種衡量是配合著生活的需求的。本文只稱不自覺的種種標準為「標準」，改稱種種自覺的標準為「尺度」，來顯示這兩者的分別。「標準」原也離不開尺度，但尺度似乎不像標準那樣固定；近來常說「放寬尺度」，既然可以「放寬」，就不是固定的了。這種「標準」和「尺度」的分別，在一個變得快的時代最容易覺得出：在道德方面、在學術方面如此，在文學方面也如此。

　　中國傳統的文學以詩文為正宗，大多數出於士大夫之手。士大夫配合君主掌握著政權。做了官是大夫，沒有做官是士；士是候補的大夫。君主士大夫合為一個封建集團，他們的利害是共同的。這個集團的傳統文學標準，大概可用

「儒雅風流」一語來代表。載道或言志的文學以「儒雅」為標準，緣情與隱逸的文學以「風流」為標準。有的人「達則兼濟天下，窮則獨善其身」，表現這種情志的是載道或言志，這個得有「正其誼不謀其利，明其道不計其功」的抱負，得有「怨而不怒」、「溫柔敦厚」的涵養，得有「熔經鑄史」、「含英咀華」的語言。這就是「儒雅」的標準。有的人縱情於醇酒婦人，或寄情於田園山水，表現這種種情志的是緣情或隱逸之風。這個得有「妙賞」、「深情」和「玄心」，也得用「含英咀華」的語言。這就是「風流」的標準。（關於「風流」的解釋，用馮友蘭先生語，見《論風流》一文中。）

在現階段看整個傳統的文學，我們可以說「儒雅風流」是標準。但是看歷代文學的發展，中間還有許多變化。即如詩本是「言志」的，陸機卻說「詩緣情而綺靡」。「言志」其實就是「載道」，與「緣情」不大相同。陸機實在是用了新的尺度。「詩言志」這一個語在開始出現的時候，原也是一種尺度；後來得到公認而流傳，就成為一種標準。說陸機用了新的尺度，是對「詩言志」那個舊尺度而言。這個新尺度後來也得到公認而流傳，成為又一種標準。又如南朝文學的求新，後來文學的復古，其實都是在變化；在變化的時候也都是用著新的尺度。固然這種新尺度大致只伸縮於「儒雅」和「風流」兩種標準之間，但是每回伸縮的長短不同，疏密不同，

各有各的特色。文學史的擴展從這種種尺度裡見出。

　　這種尺度表現在文論和選集裡，也就是表現在文學批評裡。中國的文學批評以各種形式出現。魏文帝的「論文」是在一般學術批評的《典論》裡，陸機《文賦》也許可以說是獨立的文學批評的創始，他將文作為一個獨立的課題來討論。此後有了選集，這裡面分別體類，敘述源流，指點得失，都是批評的工作。又有了《文心雕龍》和《詩品》兩部批評專著。還有史書的文學傳論，別集的序跋和別集中的書信。這些都是比較有系統的文學批評，各有各的尺度。這些尺度有的依據著「儒雅」那個標準，結果就是復古的文學；有的依據著「風流」那個標準，結果就是標新的文學。但是所謂復古，其實也還是求變化求新異；韓愈提倡古文，卻主張務去陳言，戛戛獨造，是最顯著的例子。古文運動從獨造新語上最見出成績來。胡適之先生說文學革命都從文字或文體的解放開始，是有道理的，因為這裡最容易見出改變了的尺度。現代語體文學是標新的，不是復古的，卻也可以說是從文字或文體的解放開始；就從這語體上，分明的看出我們的新尺度。

　　這種語體文學的尺度，如一般人所公認，大部分是受了外國的影響，就是依據著種種外國的標準。但是我們的文學史中原也有這樣一股支流，和那正宗的或主流的文學由分而

合的相配而行。明代的公安派和竟陵派自然是這支流的一段，但這支流的淵源很古久，截取這一段來說是不正確的。漢以前我們的言和文比較接近，即使不能說是一致。從孔子「有教無類」起，教育漸漸開放給平民，受教育的漸漸多起來。這種受了教育的人也稱為「士」，可是跟從前貴族的士不同，這些只是些「讀書人」。士的增多影響了語言的文體，話要說得明白，說得詳細，當時的著述是說話的記錄，自然也是這樣。這裡面該有平民語調的參入，雖然我們不能確切的指出。漢代辭賦發達，主要的作為宮廷文學；後來變為遠於說話的駢儷的體制，士大夫就通用這種體制。可是另一方面，遊歷了通都大邑名山大川的司馬遷，卻還用那近乎說話的文體作《史記》，古裡古怪的揚雄跟《問孔》、《刺孟》的王充，也還用這種文體作《法言》和《論衡》；而樂府詩來自民間，不用問更近於說話。可見這種文體是廢不掉的。就是駢儷文盛行的時代，也還有《世說新語》，記錄那時代的說話。到了唐代的韓愈，提倡「氣盛言宜」的古文，「氣盛言宜」就是說話的調子，至少是近於說話的調子，還有語錄和筆記，起於唐而盛於宋，還有來自民間的詞，這些也都用著說話或近於說話的調子。東漢以來逐漸建立起來的門閥，到了唐代中葉垮了臺，「尋常百姓」的士又增多起來，加上宋代印刷

和教育的發達，所以那種詳明如話的文體就大大的發達了。到了元明兩代，又有了戲曲和小說，更是以說話體就是語體為主。公安派和竟陵派接受了這股支派，努力想將它變成主流，但是這一個嘗試失敗了。直到現在，一個新的嘗試才完成了語體文學，新文學，也就是現代文學。

從以上一段語體文學發展的簡史裡可以看出種種伸縮的尺度。這些尺度大體上固然不出乎「儒雅」和「風流」那兩個標準，可是像語錄和筆記，有些恐怕只夠「儒」而不夠「雅」，有些恐怕既不夠「儒」也不夠「雅」；不夠「雅」因為用俗語或近乎俗語，不夠「儒」因為只是一些細事，無關德教，也與風流不相干。漢樂府跟《世說新語》也用俗語，雖然現在已將那些俗語看作了古典。戲曲和小說有的別忠奸，寓勸懲，敘風流，固然夠得上標準，有的卻不夠儒雅，不算風流。在過去的文學傳統裡，這兩種本沒有地位，所謂不在話下。不過我們現在得給這些不夠格的分別來個交代。我們說戲曲和小說可以見人情物理，這可以叫做「觀風」的尺度，《禮記》裡說詩可以「觀民風」；可以觀風，也就拐了彎兒達到了「儒雅」那個標準。戲曲和小說不但可以觀民風，還可以觀士風，而觀風就是寫實，就是反映社會，反映時代。這是社會的描寫，時代的記錄。在我們看來，用不著再繞到「儒雅」

那個標準之下，就足夠存在的理由了。那些無關政教也不算風流的筆記，也可以這麼看。這個「人情物理」或「觀風」的尺度原是依據了「儒雅」那個標準定出來的。可是唐代中葉以後，這個尺度似乎已經暗地裡獨立運用，這已經不是上德化下的尺度而是下情上達的尺度了。人民參加著定了這個尺度，而俗語的參入文學，正與這個尺度配合著。說是人民參加著訂定文學的尺度，如上文所提到的，該起於春秋末年貴族漸漸沒落平民漸漸興起的時候。這些受了教育的平民加入了統治集團，多少還帶著他們的情感和語言。這種新的士流日漸增加，自然就影響了文化的面目乃至精神。漢樂府的蒐集與流行，就在這樣氛圍之中。韓詩解《伐木》一篇說到「飢者歌其食，勞者歌其事」。「飢者歌其食，勞者歌其事」正是「人情物理」，正是「觀風」；這說明了三百篇詩的一些詩，也說明了樂府裡的一些詩。「飢者歌其食，勞者歌其事」，自然周代的貴族也會如此的，可是這兩句帶著濃重的平民的色彩；配合著語言的通俗，尤其可以見出。這就是前面說的「參加」，這參加倒是不自覺的。但那「人情物理」或「觀風」的尺度訂定卻是自覺的。漢以來的社會是士民對立，同時也是士民流通。《世說新語》裡記錄一些俗語，取其自然。在「風流」的標準下，一般的固然以「含英咀華」的語言為主，但

是到了這時代稍加改變，取了「自然」這個尺度，也不足為怪的。

　　唐代中葉以後，士民間的流通更自由了，士人更多了。於是乎「人情物理」的著作也更多。元代蒙古人壓迫漢人，士大夫的地位降低下去。真正領導文壇的是一些吏人以及「書會先生」。他們依據了「人情物理」的尺度作了許多戲曲。明代士大夫的地位高了些，但是還在暴君壓制之下。他們這時卻恢復了文壇的領導權，他們可也在作戲曲，並且在提倡小說，作小說了。公安派、竟陵派就是受了這種風氣的影響而形成的。清代士大夫的地位又高了些，但是又在外族統治之下，還不能恢復元代以前的地位。他們也在作戲曲和小說，可是戲曲和小說始終還是小道，不能跟詩文並列為正宗。「人情物理」還是一種尺度，不能成為標準。但是平民對文學的影響確乎漸漸在擴大。原來士民的對立並不是嚴格的。尤其在文學上，平民所表現的生活還是以他們所「雖不能至，然心嚮往之」的士大夫生活為標準。他們受自己的生活折磨夠了，只羨慕著士大夫的生活，可又只能耐著苦羨慕著，不知道怎樣用行動去爭取，至多是表現在他們的文學就是民間文學裡；低級趣味是免不了的，但那時他們的理想是爬上高處去。這樣，士大夫的文學接受他們的影響，也算是個順勢。

雖然「人情物理」和「通俗」到清代還沒有成為標準，可是
「自然」這尺度從晉代以來已漸漸成為一種標準。這究竟顯出
人民的力量。

　　大清帝國改了中華民國，新文化運動配合著五四運動
畫出了一個新時代。大家擁戴的是「德先生」和「賽先生」，
就是民主與科學。但是實際上做到的是打倒禮教也就是反封
建的工作。反封建解放了個人，也發現了民眾，於是乎有了
個人主義和人道主義；前者是實踐，後者還是理論。這裡得
指出在那個階段上，我們是接受了種種外國標準，而向現代
化進行著。這時的社會已經不是士民的對立，而是封建的軍
閥官僚和人民的對立。從清末開設學校，受教育的人大量增
多。士或讀書人漸漸變了質；到這時一部分成為軍閥和官僚
的幫閒，大部分卻成了游離的知識階級。知識階級從軍閥和
官僚獨立，卻還不能跟民眾聯合起來，所以游離著。這裡面
大部分是青年學生。這時候的文學是語體文學，開始似乎是
應用著「人情物理」及「通俗」這兩個尺度以及「自然」那個標
準。然而「人情物理」變了質成為「打倒禮教」，就是「反封
建」也就是「個人主義」這個標準，「通俗」和「自然」也讓步
給那「歐化」的新尺度；這「歐化」的尺度後來並且也成了標
準。用歐化的語言表現個人主義，順帶著人道主義，是這時

期知識階級向著現代化的路。

「五卅」運動接著國民革命，發展了反帝國主義運動；於是「反帝國主義」也成了文學的一種尺度。抗戰起來了，「抗戰」立即成了一切的標準，文學自然也在其中。勝利卻帶來了一個動亂時代，民主運動發展，「民主」成了廣大應用的尺度，文學也在其中。這時候知識階級漸漸走近了民眾，「人道主義」那個尺度變質成為「社會主義」的尺度，「自然」又調劑著「歐化」，這樣與「民主」配合起來。但是實際上做到的還只是暴露醜惡和鬥爭醜惡。這是向著新社會發腳的路。受教育的越來越多，這條路上的人也將越來越多，文學終於要配合上那新的「民主」的尺度向前邁進的。大概文學的標準和尺度的變換，都與生活配合著，採用外國的標準也如此。表面上好像只是求新，其實求新是為了生活的高度、深度或廣度。社會上存在著特權階級的時候，他們只見到高度和深度；特權階級垮臺以後，才能見到廣度。從前有所謂雅俗之分，現在也還有低級趣味，就是從高度、深度來比較的。可是現在漸漸強調廣度，去配合著高度深度，普及同時也提高，這才是新的「民主」的尺度。要使這新尺度成為文學的新標準，還有待於我們自覺的努力。

1947 年，《大公報》

# 論氣節

氣節是我國固有的道德標準，現代還用著這個標準來衡量人們的行為，主要的是所謂讀書人或士人的立身處世之道。但這似乎只在中年一代如此，青年一代倒像不大理會這種傳統的標準，他們在用著正在建立的新的標準，也可以叫做新的尺度。中年一代一般的接受這傳統，青年代卻不理會它，這種脫節的現象是這種變的時代或動亂時代常有的。因此就引不起什麼討論。直到近年，馮雪峰先生才將這標準這傳統作為問題提出，加以分析和批判：這是在他的《鄉風與市風》那本雜文集裡。

馮先生指出「士節」的兩種典型：一是忠臣，一是清高之士。他說後者往往因為脫離了現實，成為「為節而節」的虛無主義者，結果往往會變了節。他卻又說「士節」是對人生的一種堅定的態度，是個人意志獨立的表現。因此也可以成就接近人民的叛逆者或革命家，但是這種人物的造就或完成，只有在後來的時代，例如我們的時代。馮先生的分析，筆者大體同意；對這個問題，筆者近來也常常加以思索，現在寫出自己的一些意見，也許可以補充馮先生所沒有說到的。

　　氣和節似乎原是兩個各自獨立的意念。《左傳》上有「一鼓作氣」的話，是說戰鬥的。後來所謂「士氣」就是這個氣，也就是「鬥志」；這個「士」指的是武士。孟子提倡的「浩然之氣」，似乎就是這個氣的轉變與擴充。他說「至大至剛」，說「養勇」，都是帶有戰鬥性的。「浩然之氣」是「集義所生」，「義」就是「有理」或「公道」。後來所謂「義氣」，意思要狹隘些，可也算是「浩然之氣」的分支。現在我們常說的「正義感」，雖然特別強調現實，似乎也還可以算是跟「浩然之氣」連繫著的。至於文天祥所歌詠的「正氣」，更顯然跟「浩然之氣」一脈相承。不過在筆者看來兩者卻並不完全相同，文氏似乎在強調那消極的節。

　　節的意念也在先秦時代就有了，《左傳》裡有「聖達節，次守節，下失節」的話。古代注重禮樂，樂的精神是「和」，禮的精神是「節」。禮樂是貴族生活的手段，也可以說是目的。他們要定等級，明分際，要有穩固的社會秩序，所以要「節」，但是他們要統治，要上統下，所以也要「和」。禮以「節」為主，可也得跟「和」配合著；樂以「和」為主，可也得跟「節」配合著。節跟和是相反相成的。明白了這個道理，我們可以說所謂「聖達節」等等的「節」，是從禮樂裡引申出來成了行為的標準或做人的標準；而這個節其實也就是傳統的

「中道」。按說「和」也是中道，不同的是「和」重在合，「節」重在分；重在分，所以重在不犯不亂，這就帶上消極性了。

　　向來論氣節的，大概總從東漢末年的黨禍起頭。那是所謂處士橫議的時代。在野的士人紛紛的批評和攻擊宦官們的貪汙政治，中心似乎在太學。這些在野的士人雖然沒有嚴密的組織，卻已經在聯合起來，並且博得了人民的同情。宦官們害怕了，於是乎逮捕拘禁那些領導人。這就是所謂「黨錮」或「鉤黨」，「鉤」是「鉤連」的意思。從這兩個名稱上可以見出這是一種群眾的力量。那時逃亡的黨人，家家願意收容著，所謂「望門投止」，也可以見出人民的態度，這種黨人，大家尊為氣節之士。氣是敢作敢為，節是有所不為 —— 有所不為也就是不合作。這敢作敢為是以集體的力量為基礎的，跟孟子的「浩然之氣」與世俗所謂「義氣」只注重領導者的個人不一樣。後來宋朝幾千太學生請願罷免奸臣，以及明朝東林黨的攻擊宦官，都是集體運動，也都是氣節的表現。但是這種表現裡，似乎積極的「氣」更重於消極的「節」。

　　在專制時代的種種社會條件之下，集體的行動是不容易表現的，於是士人的立身處世就偏向了「節」這個標準。在朝的要做忠臣。這種忠節或是表現在冒犯君主尊嚴的直諫上，有時因此犧牲性命；或是表現在不做新朝的官甚至以身殉國

上。忠而至於死，那是忠而又烈了。在野的要做清高之士，這種人表示不願和在朝的人合作，因而游離於現實之外；或者更逃避到山林之中，那就是隱逸之士了。這兩種節，忠節與高節，都是個人的消極的表現。忠節至多造就一些失敗的英雄，高節更只能造就一些明哲保身的自了漢，甚至於一些虛無主義者。原來氣是動的，可以變化。我們常說志氣，志是心之所向，可以在四方，可以在千里，志和氣是配合著的。節卻是靜的，不變的；所以要「守節」，要不「失節」。有時候節甚至於是死的，死的節跟活的現實脫了榫，於是乎自命清高的人結果變了節，馮雪峰先生論到周作人，就是眼前的例子。從統治階級的立場看，「忠言逆耳利於行」，忠臣到底是衛護著這個階級的，而清高之士消納了叛逆者，也是有利於這個階級的。所以宋朝人說「餓死事小，失節事大」，原先說的是女人，後來也用來說士人，這正是統治階級代言人的口氣，但是也表示著到了那時代士的個人地位的增高和責任的加重。

「士」或稱為「讀書人」，是統治階級最下層的單位，並非「幫閒」。他們的利害跟君相是共同的，在朝固然如此，在野也未嘗不如此。固然在野的處士可以不受君臣名分的束縛，可以「不事王侯，高尚其事」，但是他們得吃飯，這飯恐怕還得靠農民耕給他們吃，而這些農民大概是屬於他們做官的祖

宗的遺產的。「躬耕」往往是一句門面話，就是偶然有個把真正躬耕的如陶淵明，精神上或意識形態上也還是在負著天下興亡之責的士，陶的《述酒》等詩就是證據。可見處士雖然有時橫議，那只是自家人吵嘴鬧架，他們生活的基礎一般主要還是在農民的勞動上，跟君主與在朝的大夫並無兩樣，而一般主要的意識形態，彼此也是一致的。

然而士終於變質了，這可以說是到了民國時代才顯著。從清朝末年開設學校，教員和學生漸漸加多，他們漸漸各自形成一個集團；其中有不少的人參加革新運動或革命運動，而大多數也傾向著這兩種運動。這已是氣重於節了。等到民國成立，理論上人民是主人，事實上是軍閥爭權。這時代的教員和學生意識著自己的主人身分，游離了統治的軍閥；他們是在野，可是由於軍閥政治的腐敗，卻漸漸獲得了一種領導的地位。他們雖然還不能和民眾打成一片，但是已經在漸漸的接近民眾。五四運動劃出了一個新時代。自由主義建築在自由職業和社會分工的基礎上。教員是自由職業者，不是官，也不是候補的官。學生也可以選擇多元的職業，不是只有做官一路。他們於是從統治階級獨立，不再是「士」或所謂「讀書人」，而變成了「知識分子」，集體的就是「知識階級」。殘餘的「士」或「讀書人」自然也還有，不過只是些殘餘罷了。這種變質是中國現代化過程的一段，而中國的知識階級

在這過程中也曾盡了並且還在想盡他們的任務，跟這時代世界上別處的知識階級一樣，也分享著他們一般的運命。若用氣節的標準來衡量，這些知識分子或這個知識階級開頭是氣重於節，到了現在卻又似乎是節重於氣了。知識階級開頭憑著集團的力量勇猛直前，打倒種種傳統，那時候是敢作敢為一股氣。可是這個集團並不大，在中國尤其如此，力量到底有限，而與民眾打成一片又不容易，於是碰到集中的武力，甚至加上外來的壓力，就抵擋不住。而一方面廣大的民眾抬頭要飯吃，他們也沒法滿足這些飢餓的民眾。他們於是失去了領導的地位，逗留在這夾縫中間，漸漸感覺著不自由，鬧了個「四大金剛懸空八隻腳」。他們於是只能保守著自己，這也算是節罷；也想緩緩的落下地去，可是氣不足，得等著瞧。可是這裡的是偏於中年一代。青年代的知識分子卻不如此，他們無視傳統的「氣節」，特別是那種消極的「節」，替代的是「正義感」，接著「正義感」的是「行動」，其實「正義感」是合併了「氣」和「節」，「行動」還是「氣」。這是他們的新的做人的尺度。等到這個尺度成為標準，知識階級大概是還要變質的罷？

1947 年 4 月 13、14 日作

（原載 1947 年 5 月 1 日《知識與生活》第二期）

# 論吃飯

我們有自古流傳的兩句話：一是「衣食足則知榮辱」，見於《管子‧牧民》篇，一是「民以食為天」，是漢朝酈食其說的。這些都是從實際政治上認出了民食的基本性，也就是說從人民方面看，吃飯第一。另一方面，告子說：「食色，性也。」是從人生哲學上肯定了食是生活的兩大基本要求之一。《禮記‧禮運》篇也說到「飲食男女，人之大欲存焉」，這更明白。照後面這兩句話，吃飯和性慾是同等重要的，可是照這兩句話裡的次序，「食」或「飲食」都在前頭，所以還是吃飯第一。

這吃飯第一的道理，一般社會似乎也都默認。雖然歷史上沒有明白的記載，但是近代的情形，據我們的耳聞目見，似乎足以教我們相信從古如此。例如蘇北的飢民群到江南就食，差不多年年有。最近天津《大公報》登載的費孝通先生的《不是崩潰是癱瘓》一文中就提到這個。這些難民雖然讓人們討厭，可是得給他們飯吃。給他們飯吃固然也有一二成出於慈善心，就是惻隱心，但是八九成是怕他們，怕他們鋌而走險，「小人窮斯濫矣」，什麼事做不出來！給他們吃飯，江南

人算是認了。

可是法律管不著他們嗎？官兒管不著他們嗎？幹嘛要怕要認呢？可是法律不外乎人情，沒飯吃要吃飯是人情，人情不是法律和官兒壓得下的。沒飯吃會餓死，嚴刑峻罰大不了也只是個死，這是一群人，群就是力量：誰怕誰！在怕的倒是那些有飯吃的人們，他們沒奈何只得認點兒。所謂人情，就是自然的需求，就是基本的慾望，其實也就是基本的權利。但是飢民群還不自覺有這種權利，一般社會也還不會認清他們有這種權利；飢民群只是衝動的要吃飯，而一般社會給他們飯吃，也只是默認了他們的道理，這道理就是吃飯第一。

三十年夏天筆者在成都住家，知道了所謂「吃大戶」的情形。那正是青黃不接的時候，天又乾，米糧大漲價，並且不容易買到手。於是乎一群一群的貧民一面搶米倉，一面「吃大戶」。他們開進大戶人家，讓他們煮出飯來吃了就走，這叫做「吃大戶」。「吃大戶」是和平的手段，照慣例是不能拒絕的，雖然被吃的人家不樂意。當然真正有勢力的尤其有槍桿的大戶，窮人們也識相，是不敢去吃的。敢去吃的那些大戶，被吃了也只好認了。那回一直這樣吃了兩三天，地面上一面趕辦平糶，一面嚴令禁止，才打住了。據說這「吃大戶」

是古風；那麼上文說的飢民就食，該更是古風吧。

　　但是儒家對於吃飯卻另有標準。孔子認為政治的信用比民食更重，孟子倒是以民食為仁政的根本；這因為春秋時代不必爭取人民，戰國時代就非爭取人民不可。然而他們論到士人，卻都將吃飯看作一個不足重輕的項目。孔子說，「君子固窮」，說吃粗飯、喝冷水「樂在其中」，又稱讚顏回吃喝不夠，「不改其樂」。道學家稱這種樂處為「孔顏樂處」，他們教人「尋孔顏樂處」，學習這種為理想而忍飢挨餓的精神。這理想就是孟子說的「窮則獨善其身，達則兼善天下」，也就是所謂「節」和「道」。孟子一方面不贊成告子說的「食色，性也」，一方面在論「大丈夫」的時候列入了「貧賤不能移」一個條件。戰國時代的「大丈夫」，相當於春秋時的「君子」，都是治人的勞心的人。這些人雖然也有餓飯的時候，但是一朝得了時，吃飯是不成問題的，不像小民往往一輩子為了吃飯而掙扎著。因此士人就不難將道和節放在第一，而認為吃飯好像是一個不足重輕的項目了。

　　伯夷、叔齊據說反對周武王伐紂，認為以臣伐君，因此不食周粟，餓死在首陽山。這也是只顧理想的節而不顧吃飯的。配合著儒家的理論，伯夷、叔齊成為士人立身的一種特殊的標準。所謂特殊的標準就是理想的最高的標準；士人雖

然不一定人人都要做到這地步,但是能夠做到這地步最好。

經過宋朝道學家的提倡,這標準更成了一般的標準,士人連婦女都要做到這地步。這就是所謂「餓死事小,失節事大」。這句話原來是論婦女的,後來卻擴而充之普遍應用起來,造成了無數慘酷愚蠢的殉節事件。這正是「吃人的禮教」。人不吃飯,禮教吃人,到了這地步總是不合理的。

士人對於吃飯卻還有另一種實際的看法。北宋的宋郊、宋祁兄弟倆都做了大官,住宅挨著。宋祁那邊常常宴會歌舞,宋郊聽不下去,教人和他弟弟說,問他還記得當年在和尚廟裡咬菜根否?宋祁卻答得妙:「請問當年咬菜根是為什麼來著!」這正是所謂「吃得苦中苦,方為人上人」。做了「人上人」,吃得好,穿得好,玩兒得好;「兼善天下」於是成了個幌子。照這個看法,忍飢挨餓或者吃粗飯、喝冷水,只是為了有朝一日可以大吃大喝,痛快的玩兒。吃飯第一原是人情,大多數士人恐怕正是這麼在想。不過宋郊、宋祁的時代,道學剛起頭,所以宋祁還敢公然表示他的享樂主義;後來士人的地位增進,責任加重,道學的嚴格標準掩護著也約束著在治者地位的士人,他們大多數心裡儘管那麼在想,嘴裡卻就不敢說出。嘴裡雖然不敢說出,可是實際上往往還是在享樂著。於是他們多吃多喝,就有了少吃少喝的人;這少

吃少喝的自然是被治的廣大的民眾。

民眾，尤其農民，大多數是聽天由命安分守己的，他們慣於忍飢挨餓，幾千年來都如此。除非到了最後關頭，他們是不會行動的。他們到別處就食，搶米，吃大戶，甚至於造反，都是被逼得無路可走才如此。這裡可以注意的是他們不說話；「不得了」就行動，忍得住就沉默。他們要飯吃，卻不知道自己應該有飯吃；他們行動，卻覺得這種行動是不合法的，所以就索性不說什麼話。說話的還是士人。他們由於印刷的發明和教育的發展等等，人數加多了，吃飯的機會可並不加多，於是許多人也感到吃飯難了。這就有了「世上無如吃飯難」的慨嘆。雖然難，比起小民來還是容易。因為他們究竟屬於治者，「百足之蟲，死而不僵」，有的是做官的本家和親戚朋友，總得給口飯吃；這飯並且總比小民吃的好。孟子說做官可以讓「所識窮乏者得我」，自古以來做官就有引用窮本家、窮親戚、窮朋友的義務。到了民國，黎元洪總統更提出了「有飯大家吃」的話。這真是「菩薩」心腸，可是當時只當作笑話。原來這句話說在一位總統嘴裡，就是賢愚不分，賞罰不明，就是糊塗。然而到了那時候，這句話卻已經藏在差不多每一個士人的心裡。難得的倒是這糊塗！

第一次世界大戰加上五四運動，帶來了一連串的變化，

中華民國在一顛一拐的走著之字路，走向現代化了。我們有了知識階級，也有了勞動階級，有了索薪，也有了罷工，這些都在要求「有飯大家吃」。知識階級改變了士人的面目，勞動階級改變了小民的面目，他們開始了集體的行動；他們不能再安貧樂道了，也不能再安分守己了，他們認出了吃飯是天賦人權，公開的要飯吃，不是大吃大喝，是夠吃夠喝，甚至於只要有吃有喝。然而這還只是剛起頭。到了這次世界大戰當中，羅斯福總統提出了四大自由，第四項是「免於匱乏的自由」。「匱乏」自然以沒飯吃為首，人們至少該有免於沒飯吃的自由。這就加強了人民的吃飯權，也肯定了人民的吃飯的要求；這也是「有飯大家吃」，但是著眼在平民，在全民，意義大不同了。

抗戰勝利後的中國，想不到吃飯更難，沒飯吃的也更多了。到了今天一般人民真是不得了，再也忍不住了，吃不飽甚至沒飯吃，什麼禮義什麼文化都說不上。這日子就是不知道吃飯權也會起來行動了，知道了吃飯權的，更怎麼能夠不起來行動，要求這種「免於匱乏的自由」呢？於是學生寫出「飢餓事大，讀書事小」的標語，工人喊出「我們要吃飯」的口號。這是我們歷史上第一回一般人民公開的承認了吃飯第一。這其實比悶在心裡糊塗的騷動好得多；這是集體的要求，

集體是有組織的，有組織就不容易大亂了。可是有組織也不容易散；人情加上人權，這集體的行動是壓不下也打不散的，直到大家有飯吃的那一天。

1947 年 6 月 21 日作

（原載 1947 年 7 月 6 日上海《大公報》副刊《星期文藝》第 9 期）

# 低級趣味

　　從前論人物，論詩文，常用雅俗兩個詞來分別。有所謂雅緻，有所謂俗氣。雅該原是都雅，都是城市，這個雅就是成都人說的「蘇氣」。俗該原是鄙俗，鄙是鄉野，這個俗就是普通話裡的「土氣」。城裡人大方，鄉下人小樣，雅俗的分別就在這裡。引申起來又有文雅、古雅、閒雅、淡雅等等。例如說話有書卷氣是文雅，客廳裡擺設些古董是古雅，臨事從容不迫是閒雅，打扮素淨是淡雅。那麼，粗話村話就是俗，美女月份牌就是俗，忙著開會應酬就是俗，重重的胭脂厚厚的粉就是俗。人如此，詩文也如此。

　　雅俗由於教養。城裡人生活優裕的多些，他們教養好，見聞多，鄉下人自然比不上。雅俗卻不是呆板的。教養高可以化俗為雅。宋代詩人如蘇東坡，詩裡雖然用了俗詞俗語，卻新鮮有意思，正是淡雅一路。教養不到家而要附庸風雅，就不免做作，不能自然。從前那些斗方名士終於「雅得這樣俗」，就在此。蘇東坡常笑話某些和尚的詩有蔬筍氣，有酸餡氣。蔬筍氣、酸餡氣不能不算俗氣。用力去寫清苦求淡雅，倒不能脫俗了。雅俗是人品，也是詩文品，稱為雅緻，稱為

俗氣，這「致」和「氣」正指自然流露，做作不得。雖是自然流露，卻非自然生成。天生的雅骨，天生的俗骨其實都沒有，看生在什麼人家罷了。現在講平等不大說什麼雅俗了，卻有了低級趣味這一個語。從前雅俗對峙，但是稱人雅的時候多，罵人俗的時候少。現在有低級趣味，卻不說高級趣味，更不敢說高等趣味。因為高等華人成了罵人的話，高得那麼低，誰還敢說高等趣味！再說趣味這詞也帶上了刺兒，單講趣味就不免低級，那麼說高級趣味豈不自相矛盾？但是趣味究竟還和低級趣味不一樣。「低級趣味」很像是日本名詞，現在用在文藝批評上，似乎是指兩類作品而言。一類是色情的作品，一類是玩笑的作品。

　　色情的作品引誘讀者縱慾，不是一種「無關心」的態度，所以是低級。可是帶有色情的成分而表現著靈肉衝突的，卻當別論。因為靈肉衝突是人生的根本課題，作者只要認真在寫靈肉衝突，而不像歷來的猥褻小說在頭尾裝上一套勸善懲惡的話做幌子，那就雖然有些放縱，也還可以原諒。玩笑的作品油嘴滑舌，像在做雙簧說相聲，這種作者成了小醜，成了幫閒，有別人，沒自己。他們筆底下的人生是那麼輕飄飄的，所謂骨頭沒有四兩重。這個可跟真正的幽默不同。真正的幽默含有對人生的批評，這種油嘴滑舌的玩笑，只是不擇

手段打哈哈罷了。這兩類作品都只是迎合一般人的低級趣味來騙錢花的。

與低級趣味對峙著的是純正嚴肅。我們可以說趣味純正，但是說嚴肅卻說態度嚴肅，態度比趣味要廣大些。單講趣味似乎總有點輕飄飄的；說趣味純正卻大不一樣。純就是不雜；寫作或閱讀都不雜有什麼實際目的，只取「無關心」的態度，就是純。正是正經，認真，也就是嚴肅。嚴肅和真的幽默並不衝突，例如《阿 Q 正傳》；而這種幽默也是純正的趣味。色情的和玩笑的作品都不純正，不嚴肅，所以是低級趣味。

（1946 年，北平《新生報》）

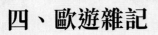

# 四、歐遊雜記

# 威尼斯

　　威尼斯（Venice）是一個別緻地方。出了火車站，你立刻便會覺得；這裡沒有汽車，要到那兒，不是搭小火輪，便是雇「剛朵拉」（Gondola）。大運河穿過威尼斯像反寫的 S；這就是大街。另有小河道四百十八條，這些就是小胡同。輪船像公共汽車，在大街上走；「剛朵拉」是一種搖櫓的小船，威尼斯所特有，它哪兒都去。威尼斯並非沒有橋；三百七十八座，有的是。只要不怕轉彎抹角，那兒都走得到，用不著下河去。可是輪船中人還是很多，「剛朵拉」的買賣也似乎並不壞。

　　威尼斯是「海中的城」，在義大利半島的東北角上，是一群小島，外面一道沙堤隔開亞得利亞海。在聖馬克方場的鐘樓上看，團花簇錦似的東一塊西一塊在綠波裡蕩漾著。遠處是水天相接，一片茫茫。這裡沒有什麼煤煙，天空乾乾淨淨；在溫和的日光中，一切都像透明的。中國人到此，彷彿在江南的水鄉；夏初從歐洲北部來的，在這兒還可看見清清楚楚的春天的背影。海水那麼綠，那麼釅，會帶你到夢中去。

　　威尼斯不單是明媚，在聖馬克方場走走就知道。這個方

場南面臨著一道運河；場中偏東南便是那可以望遠的鐘樓。威尼斯最熱鬧的地方是這兒，最華妙莊嚴的地方也是這兒。除了西邊，圍著的都是三百年以上的建築，東邊居中是聖馬克堂，卻有了八九百年 —— 鐘樓便在它的右首。再向右是「新衙門」；教堂左首是「老衙門」。這兩溜兒樓房的下一層，現在滿開了鋪子。鋪子前面是長廊，一天到晚是來來去去的人。緊接著教堂，直伸向運河去的是公爺府；這個一半屬於小方場，另一半便屬於運河了。

聖馬克堂是方場的主人，建築在十一世紀，原是卑贊廷式，以直線為主。十四世紀加上戈昔式的裝飾，如尖拱門等；十七世紀又參入文藝復興期的裝飾，如欄杆等。所以莊嚴華妙，兼而有之；這正是威尼斯人的漂亮勁兒。教堂裡屋頂與牆壁上滿是碎玻璃嵌成的畫，大概是真金色的地，藍色和紅色的聖靈像。這些像做得非常肅穆。教堂的地是用大理石鋪的，顏色花樣種種不同。在那種空闊陰暗的氛圍中，你覺得偉麗，也覺得森嚴。教堂左右那兩溜兒樓房，式樣各別，並不對稱；鐘樓高三百二十二英呎，也偏在一邊兒。但這兩溜房子都是三層，都有許多拱門，恰與教堂的門面與圓頂相稱；又都是白石造成，越襯出教堂的金碧輝煌來。教堂右邊是向運河去的路，是一個小方場，本來顯得空闊些，鐘樓恰好填了這個空子。好像我們戲裡大將出場，後面一桿旗子總是偏

著取勢；這方場中的建築，節奏其實是和諧不過的。十八世紀義大利卡那來陀（Canaletto）一派畫家專畫威尼斯的建築，取材於這方場的很多。德國德萊司敦畫院中有幾張，真好。

公爺府裡有好些名人的壁畫和屋頂畫，丁陶來陀（Tintoretto，十六世紀）的大畫《樂園》最著名；但更重要的是它建築的價值。運河上有了這所房子，增加了不少顏色。這全然是戈昔式；動工在九世紀初，以後屢次遭火，屢次重修，現在的據說還是原來的式樣。最好看的是它的西南兩面；西面斜對著聖馬克方場，南面正在運河上。在運河裡看，真像在畫中。它也是三層：下兩層是尖拱門，一眼看去，無數的柱子。最下層的拱門簡單疏闊，是載重的樣子；上一層便繁密得多，為裝飾之用；最上層卻更簡單，一根柱子沒有，除了疏疏落落的窗和門之外，都是整塊的牆面。牆面上用白的與玫瑰紅的大理石砌成素樸的方紋，在日光裡鮮明得像少女一般。威尼斯人真不愧著色的能手。這所房子從運河中看，好像在水裡。下兩層是玲瓏的架子，上一層才是屋子；這是很巧的結構，加上那豔而雅的顏色，令人有惝恍迷離之感。府後有太息橋；從前一邊是監獄，一邊是法院，獄囚提訊須過這裡，所以得名。拜倫詩中曾詠此，因而便膾炙人口起來，其實也只是近世的東西。

威尼斯的夜曲是很著名的。夜曲本是一種抒情的曲子，

夜晚在人家窗下隨便唱。可是運河裡也有：晚上在聖馬克方場的河邊上，看見河中有紅綠的紙球燈，便是唱夜曲的船。雇了「剛朵拉」搖過去，靠著那個船停下，船在水中間，兩邊挨次排著「剛朵拉」，在微波裡蕩著，像是兩只翅膀。唱曲的有男有女，圍著一張桌子坐，輪到了便站起來唱，旁邊有音樂和著。曲詞自然是義大利語，義大利的語音據說最純粹，最清朗。聽起來似乎的確斬截些，女人的尤其如此 —— 義大利的歌女是出名的。音樂節奏繁密，聲情熱烈，想來是最流行的「爵士樂」。在微微搖擺地紅綠燈球底下，顫著釅釅的歌喉，運河上一片朦朧的夜也似乎透出玫瑰紅的樣子。唱完幾曲之後，船上有人跨過來，反拿著帽子收錢，多少隨意。不願意聽了，還可搖到第二處去。這個略略像當年的秦淮河的光景，但秦淮河卻熱鬧得多。

　　從聖馬克方場向西北去，有兩個教堂在藝術上是很重要的。一個是聖羅珂堂，旁邊有一所屋子，牆上屋頂上滿是畫；樓上下大小三間屋，共六十二幅畫，是丁陶來陀的手筆。屋裡暗極，只有早晨看得清楚。丁陶來陀作畫時，因地制宜，大部分只粗粗勾勒，利用陰影，教人看了覺得是幾經思索似的。《十字架》一幅在樓上小屋內，力量最雄厚。佛拉利堂在聖羅珂近旁，有大畫家鐵沁（Titian，十六世紀）和近代雕刻家卡奴窪（Canova）的紀念碑。卡奴窪的，靈巧，是自己打

的樣子；鐵沁的，宏壯，是十九世紀中葉才完成的。他的《聖處女升天圖》掛在神壇後面，那朱紅與亮藍兩種顏色鮮明極了，全幅氣韻流動，如風行水上。倍里尼（Giovanni Bellini，十五世紀）的《聖母像》，也是他的精品。他們都還有別的畫在這個教堂裡。

從聖馬克方場沿河直向東去，有一處公園；從一八九五年起，每兩年在此地開國際藝術展覽會一次。今年是第十八屆；加入展覽的有義、荷、比、西、丹、法、英、奧、蘇俄、美、匈、瑞士、波蘭等十三國，義大利的東西自然最多，種類繁極了；未來派立體派的圖畫雕刻，都可見到，還有別的許多新奇的作品，說不出路數。顏色大概鮮明，教人眼睛發亮；建築也是新式，簡截不囉嗦，痛快之至。蘇俄的作品不多，大概是工農生活的表現，兼有沉毅和高興的調子。他們也用鮮明的顏色，但顯然沒有很費心思在藝術上，作風老老實實，並不向牛犄角裡尋找新奇的玩意兒。

威尼斯的玻璃器皿，刻花皮件，都是名產，以典麗風華勝，緙絲也不錯。大理石小雕像，是著名大品的縮本，出於名手的還有味。

1932 年 7 月 13 日作

（原載 1932 年 9 月 1 日《中學生》第 27 號）

# 佛羅倫司

‧‧‧‧‧‧‧‧‧‧‧‧‧‧‧‧‧‧‧‧‧‧‧‧‧‧‧‧‧‧‧‧‧‧‧‧‧‧‧‧‧‧‧‧‧‧‧‧

　　佛羅倫司（Florence）最教你忘不掉的是那色調鮮明的大教堂與在它一旁的那高聳入雲的鐘樓。教堂靠近鬧市，在狹窄的舊街道與繁密的市房中，展開它那偉大的個兒，好像一座山似的。它的門牆全用大理石砌成，黑的紅的白的線條相間著。長方形是基本圖案，所以直線雖多，而不覺嚴肅，也不覺浪漫；白天裡繞著教堂走，仰著頭看，正像看達文西的《蒙娜麗莎》（*Mona Lisa*）像，她在你上頭，可也在你裡頭。這不獨是線形溫和平靜的緣故，那三色的大理石，帶著它們的光澤，互相顯映，也給你鮮明穩定的感覺；加上那樸素而黯淡的周圍，襯托著這富麗堂皇的建築，像給它打了很牢固的基礎一般。夜晚就不同些；在模糊的街燈光裡，這龐然的影子便有些壓迫著你了。教堂動工在十三世紀，但門牆只是十九世紀的東西；完成在一八八四年，算到現在才四十九年。教堂裡非常簡單，與門牆絕不相同，只穹隆頂宏大而已。

　　鐘樓在教堂的右首，高 292 英呎，是喬陀（Giotto，十四世紀）的傑作。喬陀是義大利藝術的開山祖師；從這座鐘樓可以看出他的大匠手。這也用顏色大理石砌成牆面；寬度與

高度正合式，玲瓏而不顯單薄。牆面共分七層：下四層很短，是打根基的樣子，最上層最長，以助上聳之勢。窗戶越高越少越大，最上層只有一個；在長方形中有金字塔形的妙用。教堂對面是受洗所，以吉拜地（Ghiberti）做的銅門著名。有兩扇最工，上刻《聖經》故事圖十方，分遠近如畫法，但未免太工些；門上並有作者的肖像。密凱安傑羅（十六世紀）說過這兩扇門真配做天上樂園的門，傳為佳話。

教堂內容富麗的，要推送子堂，以《送子圖》得名。門外廊子裡有沙陀（Sarto，十六世紀）的壁畫，他自己和他太太都在畫中；畫家以自己或太太作模特兒是常見的。教堂裡屋頂以金漆花紋界成長方格子，燦爛之極。門內左邊有一神龕，明燈照耀，香花供養，牆上便是《送子圖》。畫的是天使送耶穌給處女瑪利亞，相傳是天使的手筆。平常遮著不讓我們俗眼看；每年只復活節的禮拜五揭開一次。這是塔斯干省最尊的神龕了。

梅迭契（Medici）家廟也以富麗勝，但與別處全然不同。梅迭契家是中古時大公爵，治佛羅倫司多年。那時佛羅倫司非常富庶，他們家窮極奢華；佛羅倫司藝術的興盛，一半便由於他們的愛好。這個家廟是歷代大公爵家族的葬所。房屋是八角形，有穹隆頂；分兩層，下層是墳墓，上層是雕像與

紀念碑等。上層牆壁，全用各色上好大理石作面子，中間更用寶石嵌成花紋，地也用大理石嵌花舖成；屋頂是名人的畫。光彩煥發，五色紛綸；嵌工最精細，平滑如天然。佛羅倫司嵌石是與威尼斯嵌玻璃齊名的，梅迭契家造這個廟，用過二千萬元，但至今並未完成；雕像座還空著一大半，地也沒有全舖好。旁有新廟，是密凱安傑羅所建，樸質無華；中有雕像四座，叫做《畫》、《夜》、《晨》、《昏》，是紀念碑的裝飾，是出於密凱安傑羅的手，頗有名。

　十字堂是「佛羅倫司的西寺」，「塔斯干的國葬院」；前面是但丁的造像。密凱安傑羅與科學家格里雷的墓都在這裡，但丁也有一座紀念碑；此外名人的墓還很多。佛羅倫司與但丁有關係的遺跡，除這所教堂外，在送子堂附近是他的住宅；是一所老老實實的小磚房，帶一座方樓，據說那時闊人家都有這種方樓的。他與他的情人佩特拉齊相遇，傳說是在一座橋旁；這個情景常見於圖畫中。這座有趣的橋，照畫看便是阿奴河上的三一橋；橋兩頭各有雕像兩座，風光確是不壞。佩特拉齊的住宅離但丁的也不遠；她葬在一個小教堂裡，就在住宅對面小胡同內。這個教堂雙扉緊閉，破舊得可以，據說是終年不常開的。但丁與佩特拉齊的屋子，現在都已作別用，不能進去，只牆上釘些紀念的木牌而已。佩特拉齊住宅

牆上有一塊木牌，專抄但丁的詩兩行，說他遇見了一個美人，卻有些意思。還有一所教堂，據說原是但丁寫《神曲》的地方；但書上沒有，也許是「齊東野人」之語罷。密凱安傑羅住過的屋子在十字堂近旁，是他侄兒的住宅。現在是一所小博物院，其中兩間屋子陳列著密凱安傑羅塑的小品，有些是名作的雛形，都奕奕有神采。在這一層上，他似乎比但丁還有幸些。

佛羅倫司著名的方場叫做官方場，據說也是歷史的和商業的中心，比威尼斯的聖馬克方場黯淡冷落得多。東邊未周府，原是共和時代的議會，現在是市政府。要看中古時佛羅倫司的堡子，這便是個樣子，建築彷彿銅牆鐵壁似的。門前有密凱安傑羅《大衛》(David) 像的翻本（原件存本地國家美術院中）。府西是著名的噴泉，雕像頗多；中間亞波羅駕四馬，據說是一塊大理石鑿成。但死板板的沒有活氣，與旁邊有血有肉的《大衛》像一比，便看出來了。密凱安傑羅說這座像白費大理石，也許不錯。府東是朗齊亭，原是人民會集的地方，裡面有許多好的古雕像；其中一座像有兩個面孔，後一個是作者自己。

方場東邊便是烏費齊畫院 (Uffizi Gallery)。這畫院是梅迭契家立的，收藏十四世紀到十六世紀的義大利畫最多；

義大利畫的精華薈萃於此，比哪兒都好。喬陀、波鐵乞利（Botticelli，十五世紀）、達文西（十五世紀）、拉飛爾（十六世紀）、密凱安傑羅、鐵沁的作品，這兒都有；波鐵乞利和鐵沁的最多。喬陀、波鐵乞利、達文西都是佛羅倫司派，重形線與構圖；拉飛爾曾到佛羅倫司，也受了些影響。鐵沁是威尼斯派，重著色。這兩個潮流是西洋畫的大別。波鐵乞利的作品如《勃里馬未拉的寓言》、《愛神的出生》等似乎最能代表前一派；達文西的《送子圖》，構圖也極巧妙。鐵沁的《佛羅拉像》和《愛神》，可以看出豐富的顏色與柔和的節奏。另有《藍色聖母像》，沙瑣費拉陀（Sossoferrato，十七世紀）所作，後來臨摹的很多；《小說月報》曾印作插圖。古雕像以《梅迭契愛神》，《摔跤》為最：前者情韻欲流，後者精力飽滿，都是神品。隔阿奴河有辟第（Pitti）畫院，有長廊與烏費齊相通；這條長廊架在一座橋的頂上，裡面掛著許多畫像。辟第畫院是辟第（Luca Pitti）立的。他和梅迭契是死冤家。可是後來擴充這個畫院的還是梅迭契家。收藏的名畫有拉飛爾的兩幅《聖母像》、《福那利那像》與鐵沁的《馬達來那像》等。福那利那是拉飛爾的未婚妻，是他許多名作的模特兒。鐵沁此幅和《佛羅拉像》作風相近，但金髮飄拂，節奏更要生動些。

兩個畫院中常看見女人坐在小桌旁用描花筆蘸著粉臨摹

小畫像，這種小畫像是將名畫臨摹在一塊長方的或橢圓的小紙上，裝在小玻璃框裡，作案頭清供之用。因為地方太小，只能臨摹半身像。這也是西方一種特別的藝術，頗有些歷史。看畫院的人走過那些小桌子旁，她們往往請你看她們的作品；遞給你擴大鏡讓你看出那是一筆不苟的。每件大約二十元上下。她們特別拉住些太太們，也許太太們更能賞識她們的耐心些。

十字堂鄰近，許多做嵌石的鋪子。黑地嵌石的圖案或帶圖案味的花卉人物等都好；好在顏色與光澤彼此襯托，恰到佳處。有幾塊小醜像，趣極了。但臨摹風景或圖畫的卻沒有什麼好。無論怎麼逼真，總還隔著一層；嵌石絕不能如作畫那麼靈便的。再說就使做得和畫一般，也只是因難見巧，沒有一點新東西在內。威尼斯嵌玻璃卻不一樣。他們用玻璃小方塊嵌成風景圖；這些玻璃塊相似而不盡相同，它們所構成的不是一個簡單的平面，而是許多顏色的點兒。你看時會覺得每一點都觸著你，它們間的光影也極容易跟著你的角度變化；至少這「觸著你」一層，畫是辦不到的。不過佛羅倫司所用大理石，色澤勝於玻璃多多；威尼斯人雖會著色，究竟還趕不上。

（原載 1932 年 9 月 1 日《中學生》第 27 號）

# 羅馬

羅馬（Rome）是歷史上大帝國的都城，想像起來，總是氣象萬千似的。現在它的光榮雖然早過去了，但是從七零八落的廢墟裡，後人還可彷彿於百一。這些廢墟，舊有的加上新發掘的，幾乎隨處可見，像特意點綴這座古城的一般。這邊幾根石柱子，那邊幾段破牆，帶著當年的塵土，寂寞地陷在大坑裡；雖然在夏天中午的太陽，照上去也黯黯淡淡，沒有多少勁兒。就中羅馬市場（Forum Romanum）規模最大。這裡是古羅馬城的中心，有法庭，神廟，與住宅的殘跡。卡司多和波魯斯廟的三根哥林斯式的柱子，頂上還有片石相連著；在全場中最為秀拔，像三個丰姿飄灑的少年用手橫遮著額角，正在眺望這一片古市場。想當年這裡終日擠擠鬧鬧的也不知有多少人，各有各的心思，各有各的手法；現在只剩三兩起遊客指手畫腳地在死一般的寂靜裡。犄角上有一所住宅，情形還好；一面是三間住屋，有壁畫，已模糊了，地是嵌石鋪成的；旁廂是飯廳，壁畫極講究，畫的都是正大的題目，他們是很看重飯廳的。市場上面便是巴拉丁山，是飽歷興衰的地方。最早是一個村落，只有些茅草屋子；羅馬共和

末期，一姓貴族聚居在這裡；帝國時代，更是繁華。遊人走上山去，兩旁宏壯的住屋還留下完整的黃土坯子，可以見出當時闊人家的氣局。屋頂一片平場，原是許多花園，總名法內塞園子，也是四百年前的舊跡；現在點綴些花木，一角上還有一座小噴泉。在這園子裡看腳底下的古市場，全景都在望中了。

市場東邊是鬥獅場，還可以看見大概的規模；在許多宏壯的廢墟裡，這個算是情形最好的。外牆是一個大圓圈兒，分四層，要仰起頭才能看到頂上。下三層都是一色的圓拱門和柱子，上一層只有小長方窗戶和楞子，這種單純的對照教人覺得這座建築是整整的一塊，好像直上雲霄的松柏，老幹亭亭，沒有一些繁枝細節。裡面中間原是大平場；中古時在這兒築起堡壘，現在滿是一道道頹毀的牆基，倒成了四不像。這場子便是鬥獅場；環繞著的是觀眾的坐位。下兩層是包廂，皇帝與外賓的在最下層，上層是貴族的；第三層公務員坐；最上層平民坐：共可容四五萬人。獅子洞還在下一層，有口直通場中。鬥獅是一種刑罰，也可以說是一種裁判：罪囚放在獅子面前，讓獅子去搏他；他若居然制死了獅子，便是直道在他一邊，他就可自由了。但自然是讓獅子吃掉的多；這些人大約就算活該。想到臨場的罪囚和他親族的悲苦與恐

怖，他的仇人的痛快，皇帝的威風，與一般觀眾好奇緊張的面目，真好比一場惡夢。這個場子建築在一世紀，原是戲園子，後來才改作鬥獅之用。

鬥獅場南面不遠是卡拉卡拉浴場。古羅馬人頗講究洗澡，浴場都造得好，這一所更其華麗。全場用大理石砌成，用嵌石鋪地；有壁畫，有雕像，用具也不尋常。房子高大，分兩層，都用圓拱門，走進去覺得穩穩的；裡面金碧輝煌，與壁畫雕像相得益彰。居中是大健身房，有噴泉兩座。場子占地六英畝，可容一千六百人洗浴。洗浴分冷、熱、水蒸氣三種，各占一所屋子。古羅馬人上浴場來，不單是為洗澡；他們可以在這兒商量買賣，和解訟事等等，正和我們上茶店、上飯店一般作用。這兒還有好些遊藝，他們公餘或倦後來洗一個澡，找幾個朋友到遊藝室去消遣一回，要不然，到客廳去談談話，都是很「寫意」的。現在卻只剩下一大堆遺跡。大理石本來還有不少，早給搬去造聖彼得等教堂去了；零星的物件陳列在博物院裡。我們所看見的只是些巍巍峨峨、參參差差的黃土骨子，站在太陽裡，還有學者們精心研究出來的《卡拉卡拉浴場圖》的照片，都只是所謂過屠門大嚼而已。

羅馬從中古以來便以教堂著名。康南海《羅馬遊記》中引杜牧的詩「南朝四百八十寺，多少樓臺煙雨中」，光景大

約有些相像的；只可惜初夏去的人無從領略那煙雨罷了。聖彼得堂最精妙，在城北尼羅圓場的舊址上。尼羅在此地殺了許多基督教徒。據說聖彼得上十字架後也便葬在這裡。這教堂幾經興廢，現在的房屋是十六世紀初年動工，經了許多建築師的手。密凱安傑羅七十二歲時，受保羅第三的命，在這兒工作了十七年。後人以為天使保羅第三假手於這一個大藝術家，給這座大建築定下了規模；以後雖有增改，但大體總是依著他的。教堂內部參照卡拉卡拉浴場的式樣，許多高大的圓拱門穩穩地支著那座穹隆頂。教堂長 696 英呎，寬 450 英呎，穹隆頂高 403 英呎，可是乍看不覺得是這麼大。因為平常看屋子大小，總以屋內飾物等為標準，飾物等的尺寸無形中是有譜子的。聖彼得堂裡的卻大得離了譜子，「天使像巨人，鴿子像老鷹」；所以教堂真正的大小，一下倒不容易看出了。但是你若看裡面走動著的人，便漸漸覺得不同。教堂用彩色大理石砌牆，加上好些嵌石的大幅的名畫，大都是亮藍與朱紅二色；鮮明豐麗，不像普通教堂一味陰沉沉的。密凱安傑羅雕的彼得像，溫和光潔，別是一格，在教堂的犄角上。

聖彼得堂兩邊的列柱迴廊像兩隻手臂擁抱著聖彼得圓場；留下一個口子，卻又像個玦。場中央是一座埃及的紀功方尖

柱，左右各有大噴泉。那兩道迴廊是十七世紀時亞歷山大第三所造，成於倍里尼（Pernini）之手。廊子裡有四排多力克式石柱，共二百八十四根；頂上前後都有欄杆，前面欄杆上並有許多小雕像。場左右地上有兩塊圓石頭，站在上面看同一邊的廊子，覺得只有一排柱子，氣魄更雄偉了。這個圓場外有一道彎彎的白石線，便是梵蒂岡與義大利的分界。教皇每年復活節站在聖彼得堂的露臺上為人民祝福，這個場子內外據說是擁擠不堪的。

聖保羅堂在南城外，相傳是聖保羅葬地的遺址，也是柱子好。門前一個方院子，四面廊子裡都是些整塊石頭鑿出來的大柱子，比聖彼得的兩道廊子卻質樸得多。教堂裡面也簡單空廓，沒有什麼東西。但中間那八十根花崗石的柱子，和盡頭處那六根蠟石的柱子，縱橫地排著，看上去彷彿到了人跡罕至的遠古森林裡。柱子上頭牆上，周圍安著嵌石的歷代教皇像，一律圓框子。教堂旁邊另有一個小柱廊，是十二世紀造的。這座廊子圍著一所方院子，在低低的牆基上排著兩層各色各樣的細柱子——有些還嵌著金色玻璃塊兒。這座廊子精工可以說像湘繡，秀美卻又像王羲之的書法。

在城中心的威尼斯方場上巍然蹲踞著的，是也馬奴兒第二的紀功廊。這是近代義大利的建築，不缺少力量。一道彎

彎的長廊，在高大的石基上。前面三層石級：第一層在中間，第二三層分開左右兩道，通到廊子兩頭。這座廊子左右上下都勻稱，中間又有那一彎，便兼有動靜之美了。從廊前列柱間看到暮色中的羅馬全城，覺得幽遠無窮。

　　羅馬藝術的寶藏自然在梵蒂岡宮；卡辟多林博物院中也有一些，但比起梵蒂岡來就太少了。梵蒂岡有好幾個雕刻院，收藏約有四千件，著名的《拉奧孔》（*Laocoon*）便在這裡。畫院藏畫五十幅，都是精品，拉飛爾的《基督現身圖》是其中之一，現在卻因修理關著。梵蒂岡的壁畫極精彩，多是拉飛爾和他門徒的手筆，為別處所不及。有四間拉飛爾室和一些廊子，裡面滿是他們的東西。拉飛爾由此得名。他是烏爾比奴人，父親是詩人兼畫家。他到羅馬後，極為人所愛重，大家都要教他畫；他忙不過來，只好收些門徒作助手。他的特長在畫人體。這是實在的人，肢體圓滿而結實，有肉有骨頭。這自然受了些佛羅倫司派的影響，但大半還是他的天才。他對於氣韻，遠近，大小與顏色也都有敏銳的感覺，所以成為大家。他在羅馬住的屋子還在，墳在國葬院裡。歇司丁堂與拉飛爾室齊名，也在宮內。這個神堂是十五世紀時歇司土司第四造的，高一百三十三英呎，寬四十五英呎。兩旁牆的上部，都由佛羅倫司派畫家裝飾，有波鐵乞利在內。

屋頂的畫滿都是密凱安傑羅的，歇司丁堂著名在此。密凱安傑羅是佛羅倫司派的極峰。他不多作畫，一生精華都在這裡。他畫這屋頂時候，以深沉肅穆的心情滲入畫中。他的構圖裡氣韻流動著，形體的勾勒也自然靈妙，還有那雄偉出塵的風度，都是他獨具的好處。堂中祭壇的牆上也是他的大畫，叫做《最後的審判》。這幅壁畫是以後多年畫的，費了他七年工夫。

羅馬城外有好幾處隧道，是一世紀到五世紀時候基督教徒挖下來做墓穴的，但也用作敬神的地方。尼羅搜殺基督教徒，他們往往避難於此。最值得看的是聖卡里斯多隧道。那兒還有一種熱誠花，十二瓣，據說是代表十二使徒的。我們看的是聖賽巴司提亞堂底下的那一處，大家點了小蠟燭下去。曲曲折折的狹路，兩旁是大大小小、深深淺淺的墓穴；現在自然是空的，可是有時還看見些零星的白骨。有一處據說聖彼得住過，成了龕堂，壁上畫得很好。另處也還有些壁畫的殘跡。這個隧道似乎有四層，占的地方也不小。聖賽巴司提亞堂裡保存著一塊石頭，上有大腳印兩個；他們說是耶穌基督的，現在供養在神龕裡。另一個教堂也供著這麼一塊石頭，據說是仿本。縲絏堂建於第五世紀，專為供養拴過聖彼得的一條鐵鏈子。現在這條鏈子還好好的在一個精美的龕

子裡。堂中周理烏司第二紀念碑上有密凱安傑羅雕的幾座像；摩西像尤為著名。那種原始的堅定的精神和勇猛的力量從眉目上、髭鬚上、手臂上、手上、腿上，處處透露出來，教你覺得見著了一個偉大的人。又有個阿拉古里堂，中有聖嬰像。這個聖嬰自然便是耶穌基督；是十五世紀耶路撒冷一個教徒用橄欖木雕的。他帶它到羅馬，供養在這個堂裡。四方來許願的很多，據說非常靈驗；它身上密層層地掛著許多金銀飾器都是人家還願的。還有好些信寫給它，表示敬慕的意思。

羅馬城西南角上，挨著古城牆，是英國墳場或叫做新教墳場。這裡邊葬的大都是藝術家與詩人，所以來參謁來憑弔的義大利人和別國的人終日不絕。就中最有名的自然是十九世紀英國浪漫詩人雪萊與濟茲的墓。雪萊的心葬在英國，他的遺灰在這兒。墓在古城牆下斜坡上，蓋有一塊長方的白石；第一行刻著「心中心」，下面兩行是生卒年月，再下三行是莎士比亞《風暴》中的仙歌：

> 彼無毫毛損，
>
> 海濤變化之，
>
> 從此更神奇。

好在恰恰關合雪萊的死和他的為人。濟茲墓相去不遠，有墓碑，上面刻著道：

這座墳裡是

英國一位少年詩人的遺體；

他臨死時候，

想著他仇人們的惡勢力，

痛心極了，叫將下面這一句話

刻在他的墓碑上：

「這兒躺著一個人，

他的名字是用水寫的。」

末一行是速朽的意思；但他的名字正所謂「不廢江河萬古流」，又豈是當時人所料得到的。後來有人別作新解，根據這一行話做了一首詩，連濟茲的小像一塊兒刻銅嵌在他墓旁牆上。這首詩的原文是很有風趣的：

濟茲名字好，

說是水寫成；

一點一滴水，

後人的淚痕 ——

英雄枯萬骨，

難如此感人。

安睡吧，

陳詞雖掛漏，

高風自崢嶸。

這座墳場是羅馬富有詩意的一角；有些愛羅馬的人雖不死在義大利，也會遺囑葬在這座「永遠的城」的永遠的一角裡。

（原載 1932 年 10 月 1 日《中學生》第 28 號）

# 滂卑故城

‧‧‧‧‧‧‧‧‧‧‧‧‧‧‧‧‧‧‧‧‧‧‧‧‧‧‧‧‧‧‧‧‧‧‧‧‧‧‧‧‧‧

　　滂卑（Pompei）故城在奈波里之南，義大利半島的西南角上。維蘇威火山在它的正東，像一座圍屏。紀元七十九年，維蘇威初次噴火。噴出的熔岩倒沒有什麼；可是那崩裂的灰土，山一般壓下來，到底將一座繁華的滂卑城活活地埋在底下，不透一絲風兒。那時是半夜裡。好在大多數人瞧著兆頭不妙，早捲了細軟走了；剩下的並不多，想來是些窮小子和傻瓜罷。城是埋下去了，年歲一久，誰也忘記了。只存下當時一個叫小勃里尼的人的兩封信，裡面敘述滂卑陷落的情形；但沒有人能指出這座故城的遺址來。直到一七四八年大劇場與別的幾座房子出土，才有了頭緒；系統的發掘卻遲到一八六〇年。到現在這座城大半都出來了；工作還繼續著。

　　滂卑的文化很高，從道路、建築、壁畫、雕刻、器皿等都可看出。後三樣大部分陳列在奈波里國家博物院中；去滂卑的人最好先到那裡看看。但是這種文化大體從希臘輸入，羅馬人自己的極少。當時羅馬的將領打過了好些個勝仗，閒著沒事，便風雅起來，蒐羅希臘的美術品，裝飾自己的屋子。這些東西有的是打仗時搶來的，有的是買的。古語說得

好：「上有好者，下必有甚焉者。」這種美術的嗜好漸漸成了風氣。那時羅馬人有的是錢；希臘人卻窮了，樂得有這班好主顧。「物聚於所好」，滂卑還只是第三等的城市，大戶人家陳設的美術品已經像一所不寒塵的博物院，別的大城可想而知。

滂卑沿海，當時與希臘交通，也是個商業的城市，人民是很富裕的。他們的生活非常奢靡，正合「飽暖思淫慾」一句話。滂卑的淫風似乎甚盛。他們崇拜男根，相信可以給人好運氣，倒不像後世人作不淨想。街上走，常見牆上橫安著黑的男根；器具也常以此為飾。有一所大住宅，是兩個姓魏提的單身男子住的，保存得最好；裡面一間小屋子，牆上滿是春畫，據說他們常從外面叫了女人到這裡。院子裡本有一座噴泉，泉水以小石像的男根為出口；這座像現在也藏在那間小屋中。廊下還有一幅壁畫，畫著一架天秤；左盤裡是錢袋，一個人以他的男根放在右盤中，左盤便高起來了。可見滂卑人所重在彼而不在此。另有妓院一所，入門中間是穿堂，兩邊有小屋五間，每間有一張土床，床以外隙地便不多。穿堂牆上是春畫；小屋內牆上間或刻著人名，據說這是遊客的題名保薦，讓他的朋友們看了，也選他的相好。

從來酒色連文，滂卑人在酒上也是極放縱的。只看到處

是酒店，人家裡多有藏酒的地窖子便知道了。滂卑的酒店有些像杭州紹興一帶的，酒壚與櫃臺都在門口，裡面沒有多少地方；來者大約都是喝「櫃臺酒」的。現在還可以見許多殘破的酒壚和大大小小的酒甃；人家地窖裡堆著的酒甃也不少。這些酒甃是黃土做的，長頸細腹尖底，樣子靈巧，可是放不穩，不知當時如何安置。

上面說起魏提的住宅，是很講究的。宅子高大，屋子也多；一所空闊的院子，周圍是深深的走廊。廊下懸著石雕的面具；院中也放著許多雕像，中間是噴泉和魚池。屋後還有花園。滂卑中上人家大概都有噴泉、魚池與花園，大小稱家之有無；噴泉與魚池往往是分開的。水從山上用鉛管引下來，辦理得似乎不壞。魏提家的壁畫頗多，牆壁用紅色，粉刷得光潤無比，和大理石差不多。畫也精工美妙。飯廳裡畫著些各行手藝，彷彿宋人《懋遷圖》的味兒。但做手藝的都是帶翅子的小愛神，便不全是寫實了。在紅牆上畫出一條黑帶兒，在這條道兒上面再用鮮明的藍黃等顏色作畫，映照起來最好看；藍色中滲一點粉，用來畫衣裳與愛神的翅膀等，真是飄飄欲舉。這種畫分明仿希臘的壁雕，所以結構亭勻不亂。膳廳中畫最多；黑帶子是在牆下端，上面是一幅幅的並列著，卻沒有甚大的。膳廳中如何布置，已不可知。曾見別兩家的

是這樣：中間一座長方的小石灰臺子，紅色，這便是桌子。圍著是馬蹄形的坐位，也是石灰砌的，顏色相同。近臺子那一圈低些闊些，是坐的，後面狹狹的矮矮的四五層斜著上去，像是靠背用的，最上層便又闊了。但那兩家規模小，魏提家當然要闊些。至於地用嵌石鋪，是在意中的。這些屋子裡的銀器、銅器、玻璃器等與壁畫雕像大部分保存在奈波里；還有塗上石灰的屍首及已化炭的麵包和穀類，都是城陷時的東西。

滂卑人是會享福的，他們的浴場造得很好。冷熱浴、蒸氣浴都有；場中存衣櫃，每個浴客一個，他們可以舒舒服服地放心洗澡去。場寬闊高大，牆上和圓頂上滿是畫。屋頂正中開一個大圓窗子，光從這裡下來，雨也從這裡下來；但他們不在乎雨，場裡面反正是溼的。有一處浴場對門便是飯館，洗完澡，就上這兒吃點兒喝點兒，真「美」啊。滂卑城並不算大，卻有三個戲園子。大劇場為最，能容兩萬人，大約不常用，現在還算完好。常用的兩個比較小些，已頹毀不堪；一個據說有頂，是夜晚用的，一個無頂，是白天用的。城中有好幾個市場，是公眾買賣與娛樂的地方；法庭廟宇都在其中；現在卻只見幾片長方的荒場和一些破壇斷柱而已。

街市中除酒店外，別種店鋪的遺跡也還不少。曾走過一

家藥店，架子上還零亂地放著些玻璃瓶兒；又走過一家餅店，五個烘餅的小磚爐也還好好的。街旁常見水槽；槽裡的水是給馬喝的，上面另有一個管子，行人可以就著喝。喝時須以一隻手按著槽邊，翻過身仰起臉來。這個姿勢也許好看，舒服是並不的。日子多了，槽邊經人按手的地方凹了下去，磨得光滑滑的。街路用大石鋪成，也還平整寬舒；中間常有三大塊或兩大塊橢圓的平石分開放著，是為上下馬車用的。車有兩輪，恰好從石頭空處過去。街道是直的，與後世取曲勢的不同。雖然一望到頭，可是襯著兩旁一排排的距離相似、高低相仿的頹垣斷戶，倒彷彿無窮無盡似的。從整齊劃一中見偉大，正中古羅馬人的長處。

（原載 1932 年 10 月 1 日《中學生》第 28 號）

# 瑞士

瑞士有「歐洲的公園」之稱。起初以為有些好風景而已；到了那裡，才知無處不是好風景，而且除了好風景似乎就沒有什麼別的。這大半由於天然，小半也是人工。瑞士人似乎是靠遊客活的，只看很小的地方也有若干若干的旅館就知道。他們拚命地築鐵道通輪船，讓愛逛山的、愛遊湖的都有落兒；而且車船兩便，票在手裡，愛怎麼走就怎麼走。瑞士是山國，鐵道依山而築，隧道極少；所以老是高高低低，有時像差得很遠的。還有一種爬山鐵道，這兒特別多。狹狹的雙軌之間，另加一條特別軌：有時是一個個方格兒，有時是一個個鉤子；車底下帶一種齒輪似的東西，一步步咬著這些方格兒、這些鉤子，慢慢地爬上爬下。這種鐵道不用說工程大極了；有些簡直是筆陡筆陡的。

逛山的味道實在比遊湖好。瑞士的湖水一例是淡藍的，真正平得像鏡子一樣。太陽照著的時候，那水在微風裡搖晃著，宛然是西方小姑娘的眼。若遇著陰天或者下小雨，湖上迷迷濛濛的，水天混在一塊兒，人如在睡裡夢裡。也有風大的時候；那時水上便皺起粼粼的細紋，有點像顰眉的西子。

可是這些變幻的光景在岸上或山上才能整個兒看見，在湖裡倒不能領略許多。況且輪船走得究竟慢些，常覺得看來看去還是湖，不免也膩味。逛山就不同，一會兒看見湖，一會兒不看見；本來湖在左邊，不知怎麼一轉彎，忽然挪到右邊了。湖上固然可以看山，山上還可看山，阿爾卑斯有的是重巒疊嶂，怎麼看也不會窮。山上不但可以看山，還可以看谷；稀稀疏疏錯錯落落的房舍，彷彿有雞鳴犬吠的聲音，在山肚裡，在山腳下。看風景能夠流連低徊固然高雅，但目不暇接地過去，新境界層出不層，也未嘗不淋漓痛快；坐火車逛山便是這個辦法。

　　盧參（Luzerne）在瑞士中部，盧參湖的西北角上。出了車站，一眼就看見那汪汪的湖水和屏風般的青山，真有一股爽氣撲到人的臉上。與湖連著的是勞思河，穿過盧參的中間。河上低低的一座古水塔，從前當作燈塔用；這兒稱燈塔為「盧采那」，有人猜「盧參」這名字就是由此而出。這座塔低得有意思；依傍著一架曲了又曲的舊木橋，倒配了對兒。這架橋帶頂，像廊子；分兩截，近塔的一截低而窄，那一截卻突然高闊起來，彷彿彼此不相干，可是看來還只有一架橋。不遠兒另是一架木橋，叫龜橋，因上有神龜得名，曲曲的，也古。許多對柱子支著橋頂，頂底下每一根橫梁上兩面

各釘著一大幅三角形的木板畫，總名「死神的跳舞」。每一幅配搭的人物和死神跳舞的姿態都不相同，意在表現社會上各種人的死法。畫筆大約並不算頂好，但這樣上百幅的死的圖畫，看了也就夠勁兒。過了河往裡去，可以看見城牆的遺跡。牆依山而築，蜿蜒如蛇；現在卻只見一段一段的嵌在住屋之間。但九座望樓還好好的，和水塔一樣都是多角錐形；多年的風吹日晒雨淋，顏色是黯淡得很了。

冰河公園也在山上。古代有一個時期北半球全埋在冰雪裡，瑞士自然在內。阿爾卑斯山上積雪老是不化，越堆越多。在底下的漸漸地結成冰，最底下的一層漸漸地滑下來，順著山勢，往谷裡流去。這就是冰河。冰河移動的時候，遇著夏季，便大量地溶化。這樣溶化下來的一股大水，力量無窮；石頭上一個小縫兒，在一個夏天裡，可以讓沖成深深的大潭。這個叫磨穴。有時大石塊被帶進潭裡去，出不來，便只在那兒跟著水轉。初起有稜角，將潭壁上磨了許多道兒；日子多了，稜角慢慢光了，就成了一個大圓球，還是轉著。這個叫磨石。冰河公園便以這類遺跡得名。大大小小的石潭，大大小小的石球，現在是安靜了；但那粗糙的樣子還能教你想見多少萬年前大自然的氣力。可是奇怪，這些不言不語的頑石，居然背著多少萬年的歷史，比我們人類還老得多

多；要沒人援古證今地說，誰相信。這樣講，古詩人慨嘆「磊磊澗中石」，似乎也很有些道理在裡頭了。這些遺跡本來一半埋在亂石堆裡，一半埋在草地裡，直到 1872 年秋天才偶然間被發現。還發現了兩種化石：一種上是些蚌殼，足見阿爾卑斯腳下這一塊土原來是滔滔的大海。另一種上是片棕葉，又足見此地本有熱帶的大森林。這兩期都在冰河期前，日子雖然更杳茫，光景卻還能在眼前描畫得出，但我們人類與那種大自然一比，卻未免太微細了。

　　立磯山（Rigi）在盧參之西，乘輪船去大約要一點鐘。去時是個陰天，雨意很濃。四周陡峭的青山的影子冷冷地沉在水裡。湖面兒光光的，像大理石一樣。上岸的地方叫威茲老，山腳下一座小小的村落，疏疏散散遮遮掩掩的人家，靜透了。上山坐火車，只一輛，走得可真慢，雖不像蝸牛，卻像牛之至。一邊是山，太近了，不好看。一邊是湖，是湖上的山；從上面往下看，山像一片一片兒插著，湖也像只有一薄片兒。有時窗外一座大崖石來了，便什麼都不見；有時一片樹木來了，只好從枝葉的縫兒裡張一下。山上和山下一樣，靜透了，常常聽到牛鈴兒叮兒噹的。牛帶著鈴兒，為的是跑到那兒都好找。這些牛真有些「不知漢魏」，有一回居然擋住了火車；開車的還有山上的人幫著，吆喝了半天，才

將牠們哄走。但是誰也沒有著急，只微微一笑就算了。山高五千九百零五英呎，頂上一塊不大的平場。據說在那兒可以看見周圍九百里的湖山，至少可以看見九個湖和無數的山峰。可是我們的運氣壞，上山後雲便越濃起來；到了山頂，什麼都裹在雲裡，幾乎連我們自己也在內。在不分遠近的白茫茫裡悶坐了一點鐘，下山的車才來了。

　　交湖（Interlaken）在盧參的東南。從盧參去，要坐六點鐘的火車。車子走過勃呂尼山峽。這條山峽在瑞士是最低的，可是最有名。沿路的風景實在太奇了。車子老是挨著一邊兒山腳下走，路很窄。那邊兒起初也只是山，青青青青的。越往上走，那些山越高了，也越遠了，中間豁然開朗，一片一片的谷，是從來沒看見過的山水畫。車窗裡直望下去，卻往往只見一叢叢的樹頂，到處是深的綠，在風裡微微波動著。路似乎頗彎曲的樣子，一座大山峰老是看不完；瀑布左一條右一條的，多少讓山頂上的雲掩護著，清淡到像一些聲音都沒有，不知轉了多少轉，到勃呂尼了。這兒高三千二百九十六英呎，差不多到了這條峽的頂。從此下山，不遠便是勃利安湖的東岸，北岸就是交湖了。車沿著湖走。太陽出來了，隔岸的高山青得出煙，湖水在我們腳下百多尺，閃閃的像琺瑯一樣。

　　交湖高一千八百六十六英呎，勃利安湖與森湖交會於此。地方小極了，只有一條大街；四周讓阿爾卑斯的群峰嚴嚴地圍著。其中少婦峰最為秀拔，積雪皚皚，高出雲外。街北有兩條小徑。一條沿河，一條在山腳下，都以幽靜勝。小徑的一端，依著座小山的形勢參差地安排著些別墅般的屋子。街南一塊平原，只有稀稀的幾個人家，顯得空曠得不得了。早晨從旅館的窗子看，一片清新的朝氣冉冉地由遠而近，彷彿在古時的村落裡。街上滿是旅館和鋪子；鋪子不外賣些紀念品、咖啡、酒飯等等，都是為遊客預備的；還有旅行社，更是的。這個地方簡直是遊客的地方，不像屬於瑞士人。紀念品以刻木為最多，大概是些小玩意兒；是一種塗紫色的木頭，雖然刻得粗略，卻有氣力。在一家鋪子門前看見一個美國人在說：「你們這些東西都沒有用處；我不歡喜玩意兒。」買點紀念品而還要考較用處。此君真美國得可以了。

　　從交湖可以乘車上少婦峰，路上要換兩次車。在老臺勃魯能換爬山電車，就是下面帶齒輪的。這兒到萬根，景緻最好看。車子慢慢爬上去，窗外展開一片高山與平陸，寬曠到一眼望不盡。坐在車中，不知道車子如何爬法；卻看那邊山上也有一條陡峻的軌道，也有車子在上面爬著，就像一隻甲蟲。到萬格那爾勃可見冰川，在太陽裡亮晶晶的。到小夏代

格再換車，軌道中間裝上一排鐵鉤子，與車底下的齒輪好咬得更緊些。這條路直通到少婦峰前頭，差不多整個兒是隧道；因為山上滿積著雪，不得不打山肚裡穿過去。這條路是歐洲最高的鐵路，費了十四年工夫才造好，要算近代頂偉大的工程了。

在隧道裡走沒有多少意思，可是哀格望車站值得看。那前面的看廊是從山岩裡硬鑿出來的。三個又高又大又粗的拱門般的窗洞，教你覺得自己藐小。望出去很遠；五千九百零四英呎下的格林德瓦德也可見。少婦峰站的看廊卻不及這裡；一眼盡是雪山，雪水從檐上滴下來，別的什麼都沒有。雖在一萬一千三百四十二英呎的高處，而不能放開眼界，未免令人有些悵悵。但是站裡有一架電梯，可以到山頂上去。這是小小一片高原，在明西峰與少婦峰之間，三百二十英呎長，厚厚地堆著白雪。雪上雖只是淡淡的日光，乍看竟耀得人睜不開眼。這兒可望得遠了。一層層的峰巒起伏著，有戴雪的，有不戴的；總之越遠越淡下去。山縫裡躲躲閃閃一些玩具般的屋子，據說便是交湖了。原上一頭插著瑞士白十字國旗，在風裡颯颯地響，頗有些氣勢。山上不時地雪崩，沙沙沙沙流下來像水一般，遠看很好玩兒。腳下的雪滑極，不走慣的人寸步都得留神才行。少婦峰的頂還在兩千三百二十五

英呎之上，得憑著自己的手腳爬上去。

下山還在小夏代格換車，卻打這兒另走一股道，過格林德瓦德直到交湖，路似乎平平多了。車子繞明西峰走了好些時候。明西峰比少婦峰低些，可是大。少婦峰秀美得好，明西峰雄奇得好。車子緊挨著山腳轉，陡陡的山勢似乎要向窗子裡直壓下來，像傳說中的巨人。這一路有幾條瀑布；瀑布下的溪流快極了，翻著白沫，老像沸著的鍋子。早九點多在交湖上車，回去是五點多。

司皮也茲（Spiez）是玲瓏可愛的一個小地方：臨著森湖，如浮在湖上。路依山而建，共有四五層，臺階似的。街上常看不見人。在旅館樓上待著，遠處偶然有人過去，說話聲音聽得清清楚楚的。傍晚從露臺上望湖，山腳下的暮靄混在一抹輕藍裡，加上幾星兒剛放的燈光，真有味。孟特羅（Montreux）的果子可可糖也真有味。日內瓦像上海，只湖中大噴水，高二百餘英呎，還有盧梭島及他出生的老屋，現在已開了古董鋪的，可以看看。

1932 年 10 月 17 日作

（原載 1932 年 11 月 1 日《中學生》第 29 號）

# 荷蘭

一個在歐洲沒住過夏天的中國人，在初夏的時候，上北國的荷蘭去，他簡直覺得是新秋的樣子。淡淡的天色，寂寂的田野，火車走著，像沒人理會一般。天盡頭處偶爾看見一架半架風車，動也不動的，像向天揸開的鐵手。在瑞士走，有時也是這樣一勁兒的靜；可是這兒的肅靜，瑞士卻沒有。瑞士大半是山道，窄狹的，彎曲的；這兒是一片廣原，氣象自然不同。火車漸漸走近城市，一溜房子看見了。紅的黃的顏色，在那灰灰的背景上，越顯得鮮明照眼。那尖屋頂原是三角形的底子，但左右兩邊近底處各折了一折，便多出兩個角來；機伶裡透著老實，像個小胖子，又像個小老頭兒。

荷蘭人有名地會蓋房子。近代談建築，數一數二是荷蘭人。快到羅特丹（Rotterdam）的時候，有一家工廠，房屋是新樣子。房子分兩截，近處一截是一道內曲線，兩大排玻璃窗子反射著強弱不同的光。接連著的一截是比較平正些的八層樓，窗子也是橫排的。「樓梯間」滿用玻璃，外面既好看，上樓又明亮好走，比舊式陰森森的樓梯間，只在牆上開著小窗戶的自然好多了。整排不斷的橫窗戶也是現代建築的特色；

靠著鋼骨水泥，才能這樣辦。這家工廠的橫窗戶有兩個式
樣，窗寬牆窄是一式，牆寬窗窄又是一式。有人說這種牆和
窗子像麵包夾火腿；但那是麵包那是火腿卻弄不明白。又有
人說這種房子彷彿滿支在玻璃上，老教人疑心要倒塌似的。
可是我只覺得一條條連接不斷的橫線都有大氣力，足以支撐
這座大屋子而有餘，而且一眼看下去，痛快極了。

　　海牙和平宮左近，也有不少新式房子，以鋪面為多，與
工廠又不同。顏色要鮮明些，裝飾風也要重些，大致是清秀
玲瓏的調子。最精緻的要數那一座「大廈」，是分租給人家住
的。是不規則的幾何形。約莫居中是高聳通明的樓梯間，界
劃著黑鋼的小方格子。一邊是長條子，像伸著的一隻手臂；
一邊是方方的。每層樓都有欄杆，長的那邊用藍色，方的那
邊用白色，襯著淡黃的窗子。人家說荷蘭的新房子就像一隻
輪船，真不錯。這些欄杆正是輪船上的玩意兒。那梯子間就
是煙囪了。大廈前還有一個狹長的池子，淺淺的，盡頭處一
座雕像。池旁種了些花草，散放著一兩張椅子。屋子後面沒
有欄杆，可是水泥牆上簡單的幾何形的界劃，看了也非常爽
目。那一帶地方很寬闊，又清靜，過午時大廈滿在太陽光
裡，左近一些碧綠的樹掩映著，教人捨不得走。亞姆斯特丹
（Amsterdam）的新式房子更多。皇宮附近的電報局，樣子打

得巧，斜對面那家電氣公司卻一味地簡樸；兩兩相形起來，倒有點意思。別的似乎都趕不上這兩所好看。但「新開區」還有整大片的新式建築，沒有得去看，不知如何。

荷蘭人又有名地會畫畫。十七世紀的時候，荷蘭脫離了西班牙的羈絆，漸漸地興盛，小康的人家多起來了。他們衣食既足，自然想著些風雅的玩意兒。那些大幅的神話畫、宗教畫，本來專供裝飾宮殿小教堂之用。他們是新國，用不著這些。他們只要小幅頭畫著本地風光的。人像也好，風俗也好，景物也好，只要「荷蘭的」就行。在這些畫裡，他們親親切切地看見自己。要求既多，供給當然跟著。那時畫是上市的，和皮鞋與蔬菜一樣，價錢也差不多。就中風俗畫（Genre picture）最流行。直到現在，一提起荷蘭畫家，人總容易想起這種畫。這種畫的取材是極平凡的日常生活；而且限於室內，採的光往往是灰暗的。這種材料的生命在親切有味或滑稽可喜。一個賣野味的鋪子可以成功一幅畫，一頓飯也可能成功一幅畫。有些滑稽太過，便近乎低級趣味。譬如海牙毛利丘司（Mauritshuis）畫院所藏的莫蘭那（Molenaer）畫的《五覺圖》。《嗅覺》一幅，畫一婦人捧著小孩，他正在拉矢。《觸覺》一幅更奇，畫一婦人坐著，一男人探手入她的衣底；婦人便舉起一隻鞋，要向他的頭上打下去。這畫院裡的名畫卻

真多。陀 (Dou) 的《年輕的管家婦》，瑣瑣屑屑地畫出來，沒有一些地方不熨貼。鮑特 (Potter) 的《牛》工極了，身上一個蠅子都沒有放過，但是活極了，那牛簡直要從牆上緩緩地走下來；布局也單純得好。衛米爾 (Vermeer) 畫他本鄉代夫脫 (Delft) 的風景一幅，充分表現那靜肅的味道。他是小風景畫家，以善分光影和精於布局著名。風景畫取材雜，要安排得停當是不容易的。荷蘭畫像，哈司 (Hals) 是大師。但他的好東西都在他故鄉哈來姆 (Haorlem)，別處見不著。亞姆斯特丹的力克士博物院 (Ryks Museum) 中有他一幅《俳優》，是一個彈著琵琶的人，神氣頗足。這些都是十七世紀的畫家。

但是十七世紀荷蘭最大的畫家是冉伯讓 (Rembrandt)。他與一般人不同，創造了個性的藝術；將自己的思想感情，自己這個人放進他畫裡去。他畫畫不再伺候人，即使畫人像，畫宗教題目，也還分明地見出自己。十九世紀藝術的浪漫運動只承認表現藝術家的個性的作品有價值，便是他的影響。他領略到精神生活裡神祕的地方，又有深厚的情感。最愛用一片黑做背景；但那黑是活的不是死的。黑裡漸漸透出黃黃的光，像壓著的火焰一般；在這種光裡安排著他的人物。像這樣的光影的對照是他的絕技；他的神祕與深厚也便從這裡見出。這不僅是浮泛的幻想，也是貼切的觀察；在他作品

裡夢和現實混在一塊兒。有人說他從北國的煙雲裡悟出了畫理，那也許是真的。他會看到氤氳的底裡去。他的畫像最能表現人的心理，也便是這個緣故。

毛利丘司裡有他的名作《解剖班》和《西面在聖殿中》。前一幅寫出那站著在說話的大夫從容不迫的樣子。一群學生圍著解剖臺，有些坐著，有些站著；毛著腰的，側著身子的，直挺挺站著的，應有盡有。他們的頭，或俯或仰，或偏或正，沒有兩個人相同。他們的眼看著屍體，看著說話的大夫，或無所屬，但都在凝神聽話。寫那種專心致志的光景，維妙維肖。後一幅寫殿宇的莊嚴，和參加的人的聖潔與和藹，一種虔敬的空氣瀰漫在畫面上，教人看了會沉靜下去。他的另一傑作《夜巡》在力克士博物院裡。這裡一大群武士，都拿了兵器在守望著敵人。一位爵爺站在前排正中間，向著旁邊的弁兵有所吩咐；別的人有的在眺望，有的在指點，有的在低低地談論，右端一個打鼓的，人和鼓都只露了一半；他似乎焦急著，只想將槌子敲下去。左端一個人也在忙忙地伸著右手整理他的槍口。他的左手臂底下鑽出一個孩子，露著驚惶的臉。人物的安排，交互地用疏密與明暗；乍看不勻稱，細看再勻稱沒有。這幅畫裡光的運用最巧妙；那些濃淡渾析的地方，便是全畫的精神所在。冉伯讓是雷登（Leyden）

人，晚年住在亞姆斯特丹。他的房子還在，裡面陳列著他的腐刻畫與鋼筆毛筆畫。腐刻畫是用藥水在銅上刻出畫來，他是大匠手；鋼筆畫、毛筆畫他也擅長。這裡還有他的一座銅像，在用他的名字的廣場上。

海牙是荷蘭的京城，地方不大，可是清靜。走在街上，在淡淡的太陽光裡，覺得什麼都可以忘記了的樣子。城北尤其如此。新的和平宮就在這兒，這所屋是一個人捐了做國際法庭用的。屋不多，裡面裝飾得很好看。引導人如數家珍地指點著，告訴遊客這些裝飾品都是世界各國捐贈的。樓上正中一間大會議廳，他們稱為日本廳；因為三面牆上都掛著日本的大幅的緙絲，而這幾幅東西是日本用了多少多少人在不多的日子裡特地趕做出來給這所和平宮用的。這幾幅都是花鳥，顏色鮮明，織得也細緻；那日本特有的清麗的畫風整個兒表現著。中國送的兩對景泰藍的大壺（古禮器的壺）也安放在這間廳裡。廳中間是會議席，每一張椅子背上有一個緞套子，繡著一國的國旗；那國的代表開會時便坐在這裡。屋左屋後是花園；亭子、噴水、雕像、花木等等，錯綜地點綴著，明麗深曲兼而有之。也不十二分大，卻老像走不盡的樣子。從和平宮向北去，電車在稀疏的樹林子裡走。滿車中綠蔭蔭的，斑駁的太陽光在車上在地下跳躍著過去。不多一會

兒就到海邊了。海邊熱鬧得很，玩兒的人來往不絕。長長的一帶沙灘上，滿放著些藤簍子——實在是些轎式的藤椅子，預備洗完澡坐著曬太陽的。這種藤簍子的頂像一個瓢，又圓又胖，那拙勁兒真好。更衣的小木屋也多。大約天氣還冷，沙灘上只看見零零落落的幾個人。那北海的海水白白的展開去，沒有一點風濤，像個頂聽話的孩子。

　　亞姆斯特丹在海牙東北，是荷蘭第一個大城。自然不及海牙清靜。可是河道多，差不多有一道街就有一道河，是北國的水鄉；所以有「北方威尼斯」之稱。橋也有三百四十五座，和威尼斯簡直差不多。河道寬闊乾淨，卻比威尼斯好；站在橋上順著河望過去，往往水木明瑟，引著你一直想見最遠最遠的地方。亞姆斯特丹東北有一個小島，叫馬鏗（Marken）島，是個小村子。那邊的風俗服裝古裡古怪的，你一腳踏上岸就會覺得回到中世紀去了。乘電車去，一路經過兩三個村子。那是個陰天。漠漠的風煙，紅黃相間的板屋，正在旋轉著讓船過去的橋，都教人耳目一新。到了一處，在街當中下了車，由人指點著找著了小汽輪。海上坦蕩蕩的，遠處一架大風車在慢慢地轉著。船在斜風細雨裡走，漸漸從朦朧裡看見馬鏗島。這個島真正「不滿眼」，一道堤低低的環繞著。據說島只高出海面幾尺，就仗著這一點兒堤擋住了那

茫茫的海水。島上不過二三十份人家，都是尖頂的板屋；下面一律搭著架子，因為隔水太近了。板屋是紅黃黑三色相間著，每所都如此。島上男人未多見，也許打漁去了；女人穿著紅黃白藍黑各色相間的衣裳，和他們的屋子相配。總而言之，一到了島上，雖在黯淡的北海上，眼前卻亮起來了。島上各家都預備著許多紀念品，爭著將遊客讓進去；也有裝了一大柳條筐，一手抱著孩子，一手挽著筐子在路上兜售的。自然做這些事的都是些女人。紀念品裡有些玩意兒不壞：如小木鞋，像我們的毛窩的樣子；如長的竹菸袋兒，菸袋鍋的脖子上掛著一雙頂小的木鞋，的裡瓜拉的；如手絹兒，一角上絨繡著島上的女人，一架大風車在她們頭上。

回來另是一條路，電車經過另一個小村子叫伊丹(Edam)。這兒的乾酪四遠馳名，但那一座挨著一座跨在一條小河上的高架吊橋更有味。望過去足有二三十座，架子像城門圈一般；走上去便微微搖晃著。河直而窄，兩岸不多幾層房屋，路上也少有人，所以彷彿只有那一串兒的橋輕輕地在風裡擺著。這時候真有些覺得是回到中世紀去了。

1932 年 11 月 17 日作

（原載 1932 年 12 月 1 日《中學生》第 30 號）

# 柏林

　　柏林的街道寬大，乾淨，倫敦巴黎都趕不上的；又因為不景氣，來往的車輛也顯得稀些。在這兒走路，盡可以從容自在地呼吸空氣，不用張張望望躲躲閃閃。找路也頂容易，因為街道大概是縱橫交切，少有「旁逸斜出」的。最大最闊的一條叫菩提樹下，柏林大學、國家圖書館、新國家畫院、國家歌劇院都在這條街上。東頭接著博物院洲、大教堂、故宮；西邊到著名的勃朗登堡門為止，長不到二里。過了那座門便是梯爾園，街道還是直伸下去 —— 這一下可長了，三十七八里。勃朗登堡門和巴黎凱旋門一樣，也是紀功的。建築在十八世紀末年，有點仿雅典奈昔克里司門的式樣。高六十六英呎，寬六十八碼半；兩邊各有六根多力克式石柱子。頂上是站在駟馬車裡的勝利神像，雄偉莊嚴，表現出德意志國都的神采。那神像在一八〇七年被拿破崙當作勝利品帶走，但七年後便又讓德國的隊伍帶回來了。

　　從菩提樹下西去，一出這座門，立刻神氣清爽，眼前別有天地；那空闊，那望不到頭的綠樹，便是梯爾園。這是柏林最大的公園，東西六里，南北約二里。地勢天然生得好，

加上樹種得非常巧妙，小湖小溪，或隱或顯，也安排的是地方。大道像輪子的輻，湊向軸心去。道旁齊齊地排著蔥鬱的高樹；樹下有時候排著些白石雕像，在深綠的背景上越顯得潔白。小道像樹葉上的脈絡，不知有多少。跟著道走，總有好地方，不辜負你。園子裡花壇也不少。羅森花壇是出名的一個，玫瑰最好。一座天然的圍牆，圓圓地繞著，上面密密地厚厚地長著綠的小圓葉子；牆頂參差不齊。壇中有兩個小方池，滿飄著雪白的水蓮花，玲瓏地托在葉子上，像惺忪的星眼。兩池之間是一個皇后的雕像；四周的花香花色好像她的供養。梯爾園人工勝於天然。真正的天然卻又是一番境界。曾走過市外「新西區」的一座林子。稀疏的樹，高而瘦的乾子，樹下隨意彎曲的路，簡直教人想到倪雲林的畫本。看著沒有多大，但走了兩點鐘，卻還沒走完。

柏林市內市外常看見運動員風的男人女人。女人大概都光著腳亮著手臂，雄糾糾地走著，可是並不和男人一樣。她們不像巴黎女人的苗條，也不像倫敦女人的拘謹，卻是自然得好。有人說她們太粗，可是有股勁兒。司勃來河橫貫柏林市，河上有不少划船的人。往往一男一女對坐著，男的只穿著游泳衣，也許赤著膊只穿短褲子。看的人絕不奇怪而且有喝彩的。曾親見一個女大學生指著這樣划著船的人說：「美

啊！」讚美身體，讚美運動，已成了他們的道德。星期六星
期日上水邊野外看去，男男女女老老少少誰都帶一點運動員
風。再進一步，便是所謂「自然運動」。大家索性不要那撈什
子衣服，那才真是自然生活了。這有一定地方，當然不會隨
處見著。但書籍雜誌是容易買到的。也有這種電影。那些人
運動的姿勢很好看，很柔軟，有點兒像太極拳。在長天大海
的背景上來這一套，確是美的、和諧的。日前報上說德國當
局要取締他們，看來未免有些個多事。

　　柏林重要的博物院集中在司勃來河中一個小洲上。這就
叫做博物院洲。雖然叫做洲，因為周圍陸地太多，河道幾乎
擠得沒有了，加上十六道橋，走上去毫不覺得身在洲中。洲
上總共七個博物院，六個是通連著的。最奇偉的是勃嘉蒙
（Pergamon）與近東古蹟兩個。勃嘉蒙在小亞細亞，是希臘的
重要城市，就是現在的貝加瑪。柏林博物院團在那兒發掘，
掘出一座大享殿，是祭大神宙斯用的。這座殿是兩千兩百年
前造的，規模宏壯，雕刻精美。掘出的時候已經殘破；經學
者苦心研究，知道原來是什麼樣子，便照著修補起來，安放
在一間特建的大屋子裡。屋子之大，讓人要怎麼看這座殿都
成。屋頂滿是玻璃，讓光從上面來，最均勻不過；牆是淡藍
色，襯出這座白石的殿越發有神兒。殿是方鎖形，周圍都是

愛翁匿克式石柱，像是個廊子。當鎖口的地方，是若干層的
臺階。兩頭也有幾層，上面各有殿基；殿基上，柱子下，便
是那著名的「壁雕」。壁雕（Frieze）是希臘建築裡特別的裝
飾；在狹長的石條子上半深淺地雕刻著些故事，嵌在牆壁中
間。這種壁雕頗有名作。如現存在不列顛博物院裡的雅典巴
昔農神殿的壁雕便是。這裡的是一百三十二碼長，有一部分
已經移到殿對面的牆上去。所刻的故事是奧靈匹亞諸神與地
之諸子巨人們的戰爭。其中人物精力飽滿，歷劫如生。另一
間大屋裡安放著羅馬建築的殘跡。一是大三座門，上下兩
層，上層全為裝飾用。兩層各用六對哥林斯式的石柱，與門
相間著，隔出略帶曲折的廊子。上層三座門是實的，裡面各
安著一尊雕像，全體整齊秀美之至。一是小神殿。兩樣都在
第二世紀的時候。

　　近東古蹟院裡的東西是十九世紀末二十世紀初年德國東
方學會在巴比侖和亞述發掘出來的。中間巴比侖的以色他門
（Ischtar Gateway）最為壯麗。門建築在二千五百年前奈補卡
德乃沙王第二的手裡。門圈兒高三十九英呎，城堆兒四十九
英呎，全用藍色琺瑯磚砌成。牆上浮雕著一對對的龍（與中
國所謂龍不同）和牛，黃的白的相間著；上下兩端和邊上也
是這兩色的花紋。龍是巴比侖城隍馬得的聖物，牛是大神亞

達的聖物。這些動物的像稀疏地排列著，一面牆上只有兩行，犄角上只有一行；形狀也單純劃一。色彩在那藍的地子上，卻非常之鮮明。看上去真像大幅緙絲的圖案似的。還有巴比侖王宮裡正殿的面牆，是與以色他門同時做的，顏色鮮麗也一樣，只不過以植物圖案為主罷了。馬得祭道兩旁屈折的牆基也用藍琺瑯磚；上面卻雕著向前走的獅子。這個祭道直通以色他門，現在也修補好了一小段，仍舊安在以色他門前面。另有一件模型，是整個兒的巴比侖城。這也可以慰情聊勝無了。亞述巴先宮的面牆放在以色他門的對面，當然也是修補起來的：周圍正正的拱門，一層層又細又密的柱子，在許多直線裡透出秀氣。

新博物院第一層中央是一座廳。兩道寬闊而華麗的樓梯彷彿占住了那間大屋子，但那間屋子還是照樣地覺得大不可言。屋裡什麼都高大；迎著樓梯兩座複製的大雕像，兩邊牆上大幅的歷史壁畫，一進門就讓人覺得萬千的氣象。德意志人的魄力，真有他們的。樓上本是雕版陳列室，今年改作哥德展覽會。有哥德和他朋友們的像、他的畫、他的書的插圖等等。《浮士德》的插圖最多，同一件事各人畫來趣味各別。樓下是埃及古物陳列室，大大小小的「木乃伊」都有；小孩的也有。有些在頭部放著一塊板，板上畫著死者的面相；這是

用熔蠟畫的，畫法已失傳。這似乎是古人一件聰明的安排，讓千秋萬歲後，還能辨認他們的面影。另有人種學博物院在別一條街上，分兩院。所藏既豐富，又多罕見的。第一院吐魯番的壁畫最多。那些完好的真是妙莊嚴相；那些零碎的也古色古香。中國日本的東西不少，陳列得有系統極了，中日人自己動手，怕也不過如此。第二院藏的日本的漆器與畫很好。史前的材料都收在這院裡。有三間屋專陳列一八七一年到一八九〇年希利曼（Heinrich Schlieman）發掘特羅衣（Troy）城所得的遺物。故宮在博物院洲之北，一九二一年改為博物院，分歷史的及工藝的兩部分。歷史的部分都是王族用過的公私屋子。這些屋子每間一個樣子；屋頂，牆壁，地板，顏色，陳設，各有各的格調。但輝煌精緻，是異曲同工的。有一間屋頂作穹隆形狀，藍地金星，儼然夜天的光景。又一間張著一大塊傘形的綢子，像在遮著太陽。又一間用了「古絡錢」紋做全室的裝飾。壁上或畫畫，或掛畫。地板用細木頭嵌成種種花樣，光滑無比。外國的宮殿外觀常不如中國的宏麗，但裡邊裝飾的精美，我們卻斷乎不及。故宮西頭是皇儲舊邸。一九一九年因為國家畫院的畫擁擠不堪，便將近代的作品挪到這兒，陳列在前邊的屋子裡。大部分是印象派、表現派，也有立體派。表現派是德國自己的畫派。原始

的精神，狂熱的色調，粗野模糊的構圖，你像在大野裡大風裡大火裡。有一件立體派的雕刻，是三個人像。雖然多是些三角形、直線，可是一個有一個的神氣，彼此還互相照應，像真會說話一般。表現派的精神現在還多多少少存在：柏林魏坦公司六月間有所謂「民眾藝術展覽會」，出售小件用具和玩物。玩物裡如小動物孩子頭之類，頗有些奇形怪狀，別具風趣的。還有展覽場六月間的展覽裡，有一部是剪貼畫。用顏色紙或布拼湊成形，安排在一塊地子上，一面加上些沙子等，教人有實體之感，一面卻故意改變形體的比例與線條的曲直，力避寫實的手法。有些現代人大約「是」要看了這種手藝才痛快的。

　　這一回展覽裡有好些小家屋的模型，有大有小。大概造起來省錢；屋子裡空氣、光、太陽都夠現代人用。沒有那些無用的裝飾，只看見橫豎的直線。用顏色，或用對照的顏色，教人看一所屋子是「整個兒」，不零碎，不瑣屑。小家屋如此，「大廈」也如此。德國的建築與荷蘭不同。他們注重實用，以簡單為美，有時候未免太樸素些。近年來柏林這種新房子造得不少。這已不是少數藝術家的試驗而是一般人的需要了。「新西區」一帶便都是的。那一帶住屋小而巧，裡面的裝飾乾淨俐落，不顯一點板滯。「大廈」多在東頭亞歷山

大場，似乎美觀的少。有些滿用橫線，像夾沙糕，有些滿用直線，這自然說的是窗子。用直線的據說是美國影響。但美國房屋高入雲霄，用直線合式；柏林的低多了，又向橫裡伸張，用直線便大大地不諧和了。「大廈」之外還有「廣場」，剛才說的展覽場便是其一。這個廣場有八座大展覽廳，連附屬的屋子共占地十八萬二千平方英呎；空場子合計起來共占地六十五萬平方英呎。乍走進去的時候，摸不著頭腦，彷彿連自己也會丟掉似的。建築都是新式。整個的場子若在空中看，是一幅圖案，輕靈而不板重。德意志體育場，中央飛機場，也都是這一類新造的廣場。前兩個在西，後一個在南，自然都在市外。此外電影院、跳舞場往往得風氣之先，也有些新式樣。如鐵他尼亞宮電影院，那臺、那燈、那花樓，不是用圓、用弧線，便是用與弧線相近的曲線，要的也是一個乾淨俐落罷了。臺上一圈兒一圈兒有些像排簫的是管風琴。管風琴安排起來最累贅，這兒的布置卻新鮮悅目，也許電影管風琴簡單些，才可以這麼辦。顏色用白銀與淡黃對照，教人常常清醒。祖國舞場也是新式，但多用直線形；顏色似乎多一種黑。這裡面有許多咖啡室。日本室便按日本式陳設，土耳其室便按土耳其式。還有萊茵室，在壁上畫著萊茵河的風景，用好些小電燈點綴在天藍的背景上，看去略得河上的

夜的意思 ── 自然，屋裡別處是不用燈的。還有雷電室，壁上畫著雷電的情景，用電光運轉；電射雷鳴，與音樂應和著。愛熱鬧的人都上那兒去。

柏林西南有個波次丹（Potsdam），是佛來德列大帝的城。城外有個無愁園，園裡有個無愁宮，便是大帝常住的地方。大帝迷法國，這座宮、這座園子都仿凡爾賽的樣子。但規模小多了，神兒差遠了。大帝和伏爾泰是好朋友，他請伏爾泰在宮裡住過好些日子，那間屋便在宮西頭。宮西邊有一架大風車。據說大帝不喜歡那風車日夜轉動的聲音，派人跟那產主說要買它。出乎意外，產主楞不肯。大帝惱了，又派人去說，不賣便要拆。產主也惱了，說，他會拆，我會告他。大帝想不到鄉下人這麼倔強，大加賞識，那風車只好由它響了。因此現在便叫它做「歷史的風車」。隔無愁宮沒多少路，有一座新宮，裡面有一間「貝廳」，牆上地上滿嵌著美麗的貝殼和寶石，雖然奇詭，卻以素雅勝。

1933 年 12 月 22 日作完

（原載 1934 年 2 月 1 日《中學生》第 32 號）

# 德瑞司登

∙∙∙∙∙∙∙∙∙∙∙∙∙∙∙∙∙∙∙∙∙∙∙∙∙∙∙∙∙∙∙∙∙∙∙∙∙∙∙∙∙∙∙∙∙∙

　　德瑞司登 (Dresden) [1] 在柏林東南，是靜靜的一座都市。歐洲人說這裡有一種禮拜日的味道，因為他們的禮拜日是安息的日子，靜不過。這裡只有一條熱鬧的大街；在街上走盡可從從容容，斯斯文文的。街盡處便是易北河。河穿全市而過，彎了兩回，所以望不盡。河上有五座橋，彼此隔得遠遠的，顯出玲瓏的樣子。臨河一帶高地，叫做勃呂兒原。站在原上，易北河的風光便都到了眼裡。這是一個陰天，不時地下著小雨；望過去清淡極了，水與天亮閃閃的，山只剩一些輪廓，人家的屋子和田地都黑黑兒的。有人稱這個原為「歐洲的露臺」，未免太過些，但是確也有些可賞玩的東西。從前有位著名的文人在這兒寫信給他的未婚夫人，說他正從高岸上望下看，河上一處處的綠野與村落好像「繡在一張毯子上」；「河水剛掉轉臉親了德瑞司登一下，馬上又溜開去」。這兒說的是第一個彎子。他還說「繞著的山好像花籃子，響藍的天好像在義大利似的」。在晴天這大約是真的。

　　德瑞司登有德國佛羅倫司之稱，為的一些建築和收藏

---

[1]　今譯名為：德累斯頓。

的畫。這些建築多半在勃呂兒原西南一帶。其中堡宮最有意思。堡宮因為鄰近舊時的堡壘而得名，是十八世紀初年奧古斯都大力王（Augustus the Strong）吩咐他的建築師裴佩莽（Poppelmann）蓋的。奧古斯都臂力過人，據說能拗斷馬蹄鐵，又在西班牙鬥牛，刺死了一頭最凶猛的；所以稱為大力王。他是這座都市的恩主；凡是好東西，美東西，都是他留下來的。他造這個堡宮，一來為面子，那時候一個親王總得有一所講究的宮房，才有威風，不讓人小看。二來為展覽美術貨色如瓷器、花邊等之用。他想在過年過節的時候，多招徠些外路客人，好讓他的百姓多做些買賣，以繁榮這個地方。他生在「巴洛克」（Baroque）時代，雖然傾心法國文化，所造的房子卻都是德國「巴洛克」式。「巴洛克」式重曲線，重裝飾，以華麗炫目為佳。堡宮便是代表。宮中央是極大一個方院子。南面是正門，頂作冕形，叫冕門；分兩層，像樓屋；雕刻精細，用許多小柱子。兩邊各有好些拱門，每門裡安一座噴水，上面各放著雕像。現在雖是黯淡了，還可想見當年的繁華。西面有水仙出浴池。十四座龕子擁著一座大噴水，像一隻馬蹄，繞著小小的池子；每座龕子裡站著一個女仙出浴的石像，姿態各不相同。龕外龕上另有繁細的雕飾。這是宮裡最美的地方。

　　堡宮現在分作幾個博物院，盡北頭是國家畫院。德國藏

畫，要算這裡最精了。也創始於奧古斯都，而他的兒子繼承
其志。奧古斯都自己花錢派了好多人到歐洲各處搜求有價值
的畫。到他死的時候，院中已有好些不朽的名作。他的兒子
奧古斯都第二在位三十年，教大臣勃呂兒伯爵主持收買名
畫。一七四五年在威尼斯買著百多張義大利重要的作品，為
阿爾卑斯山以北所未曾有。一七五四年又從義大利得著拉飛
爾的歐司陀的《聖母圖》。這是他的傑作。圖中間是「聖處
女」與「聖嬰」，左右是聖塔巴巴拉與教皇歐克司都第二，下
面是兩個小天使。有人說「這張畫裡『聖處女』的臉，美而秀
雅，幾乎是女性美的最完全的表現，真動人，真出色」。最妙
的，端莊與和藹都夠味，一個與耶穌教毫不相干的遊客也會
起多少敬愛的意思。圖中各人的眼光奇極；從「聖處女」而聖
塔巴巴拉、而小天使、而教皇，恰好可以鉤一個橢圓圈兒。
這樣一來，那對稱的安排才有活氣。畫院馳名世界，全靠勃
呂兒伯爵手裡買的這些畫。現在院中差不多有畫二千五百
件，以義大利及荷蘭的為最多。畫排列得比那兒都整齊清
楚，見出德國人的脾氣。十八世紀義大利畫家卡那來陀在這
裡住過，留下不少腐刻畫，畫著堡宮和街巷的景色。還有他
的威尼斯風景畫，這兒也多，色調構圖，鮮明精巧，為別處
收藏的所不及。

　　大街東有聖母堂，也是著名的古蹟。一七三六年十二月

奧古斯都第二在這裡舉行過一回管風琴比賽會。與賽的，大音樂家巴赫（Bach）和一個法國人叫馬降的。那時巴赫還未大大出名，馬降心高氣傲，自以為能手。比賽的前一天，巴赫從來比錫來，看見管風琴好，不覺技癢，就坐下彈了一回。想不到馬降在一旁竊聽。這一聽可夠他受的，等不到第二天，他半夜裡便溜出德瑞司登了。結果巴赫在奧古斯都第二和四千聽眾之前演了齣獨腳戲。一八四三年樂聖瓦格納也在這裡演奏過他的名曲《使徒宴》。哥德也站在這裡的講臺上說過話，他讚美易北河上的景緻，就是在他眼前的。這在一八一三年八月。教堂上有一座高塔頂，遠遠的就瞧見。相傳一七六九年弗雷德力大帝攻打此地，想著這高頂上必有敵人的瞭望臺，下令開炮轟。也不知怎樣，轟了三天還沒轟著。大帝又恨又惱，透著滿瞧不起的神兒回頭命令炮手道：「由那老笨傢伙去罷！」

德瑞司登瓷器最著名。大街上有好幾家瓷器鋪。看來看去，只有舞女的裙子做得實在好。裙子都是白色雕空了像紗一樣，各色各樣的折紋都有，自然不能像真的那樣流動，但也難為他們了。中國瓷器沒有如此精巧的，但有些東西卻比較著有韻味。

1933 年 3 月 13 日作

（原載 1933 年 5 月 1 日《中學生》第 35 號）

# 萊茵河

萊茵河（The Rhine）發源於瑞士阿爾卑斯山中，穿過德國東部，流入北海，長約兩千五百里。分上中下三部分。從馬恩斯（Mayence，Mains）到哥龍（Cologne）算是「中萊茵」；遊萊茵河的都走這一段兒。天然風景並不異乎尋常地好；古蹟可異乎尋常地多。尤其是馬恩斯與考勃倫茲（Koblenz）之間，兩岸山上布滿了舊時的堡壘，高高下下的，錯錯落落的，斑斑駁駁的；有些已經殘破，有些還完好無恙。這中間住過英雄，住過盜賊，或據險自豪，或縱橫馳驟，也曾熱鬧過一番。現在卻無精打采，任憑日晒風吹，一聲兒不響。坐在輪船上兩邊看，那些古色古香、各種各樣的堡壘歷歷的從眼前過去；彷彿自己已經跳出了這個時代而在那些堡壘裡過著無拘無束的日子。遊這一段兒，火車卻不如輪船：朝日不如殘陽，晴天不如陰天，陰天不如月夜 —— 月夜，再加上幾點兒螢火，一閃一閃的在尋覓荒草裡的幽靈似的。最好還得爬上山去，在堡壘內外徘徊徘徊。

這一帶不但史蹟多，傳說也多。最淒豔的自然是膾炙人口的聲聞岩頭的仙女子。聲聞岩在河東岸，高四百三十英

239

呎，一大片黯淡的懸岩，嶙嶙峋峋的；河到岩南，向東拐個
小灣，這裡有頂大的回聲，岩因此得名。相傳往日岩頭有個
仙女美極，終日歌唱不絕。一個船伕傍晚行船，走過岩下。
聽見她的歌聲，仰頭一看，不覺忘其所以，連船帶人都撞碎
在岩上。後來又死了一位伯爵的兒子。這可闖下大禍來了。
伯爵派兵遣將，給兒子報仇。他們打算捉住她，鎖起來，從
岩頂直摔下河裡去。但是她不願死在他們手裡，她呼喚萊茵
母親來接她；河裡果然白浪翻騰，她便跳到浪裡。從此聲聞
岩下聽不見歌聲，看不見倩影，只剩晚霞在岩頭明滅。德國
大詩人海涅有詩詠此事；此事傳播之廣，這篇詩也有關係的。
友人淦克超先生曾譯第一章云：

> 傳聞舊低佪，我心何悒悒。
>
> 兩峰隱夕陽，萊茵流不息。
>
> 峰際一美人，粲然金髮明，
>
> 清歌時一曲，餘音響入雲。
>
> 凝聽復凝望，舟子忘所向，
>
> 怪石耿中流，人與舟俱喪。

這座岩現在是已穿了隧道通火車了。

哥龍在萊茵河西岸，是萊茵區最大的城，在全德國數第
三。從甲板上看教堂的鐘樓與尖塔這兒那兒都是的。雖然多

麼繁華一座商業城,卻不大有俗塵撲到臉上。英國詩人柯勒
列治說:

> 人知萊茵河,洗淨哥龍市;
>
> 水仙你告我,今有何神力,
>
> 洗淨萊茵水?

那些樓與塔鎮壓著塵土,不讓飛揚起來,與萊茵河的洗
刷是異曲同工的。哥龍的大教堂是哥龍的榮耀;單憑這個,
哥龍便不死了。這是戈昔式,是世界上最宏大的戈昔式教堂
之一。建築在一二四八年,到一八八〇年才全部落成。歐洲
教堂往往如此,大約總是錢不夠之故。教堂門牆偉麗,尖
拱和直稜,特意繁密,又雕了些小花、小動物,和《聖經》
人物,零星點綴著;近前細看,其精工真令人驚嘆。門牆上
兩尖塔,高五百十五英呎,直入雲霄。戈昔式要的是高而靈
巧,讓靈魂容易上通於天。這也是月光裡看好。淡藍的天乾
乾淨淨的,只有兩條尖尖的影子映在上面;像是人天僅有的
通路,又像是人類祈禱的一雙手臂。森嚴肅穆,不說一字,
抵得千言萬語。教堂裡非常寬大,頂高一百六十英呎。大石
柱一行行的,高的一百四十八英呎,低的也六十英呎,都可
合抱;在裡面走,就像在大森林裡,和世界隔絕。尖塔可以
上去,玲瓏剔透,有凌雲之勢。塔下通迴廊。廊中向下看教

堂裡，覺得別人小得可憐，自己高得可怪，真是顛倒夢想。

1933 年 3 月 14 日

（原載 1933 年 5 月 1 日《中學生》第 35 號）

電子書購買

**國家圖書館出版品預行編目資料**

時光總在不經意間流走：夕陽已去，皎月方來 /
朱自清 著 . -- 第一版 . -- 臺北市：崧燁文化事業
有限公司 , 2023.07
　　面；　公分
POD 版
ISBN 978-626-357-452-6( 平裝 )
855　　　112009052

# 時光總在不經意間流走：夕陽已去，皎月方來

臉書

作　　　者：朱自清
發 行 人：黃振庭
出 版 者：崧燁文化事業有限公司
發 行 者：崧燁文化事業有限公司
E - m a i l：sonbookservice@gmail.com
粉 絲 頁：https://www.facebook.com/sonbookss/
網　　　址：https://sonbook.net/
地　　　址：台北市中正區重慶南路一段六十一號八樓 815 室
Rm. 815, 8F., No.61, Sec. 1, Chongqing S. Rd., Zhongzheng Dist., Taipei City 100,
Taiwan
電　　　話：(02)2370-3310　　　傳　　真：(02) 2388-1990
印　　　刷：京峯數位服務有限公司
律師顧問：廣華律師事務所 張珮琦律師

定　　　價：330 元
發行日期： 2023 年 07 月第一版
◎本書以 POD 印製